捧读文化
触及身心的阅读

希望有来生

唯有你，让我

女子爱情之美

冰心 等著

北京燕山出版社
YSP
BEIJING YANSHAN PRESS

图书在版编目（CIP）数据

唯有你，让我希望有来生：女子爱情之美 / 冰心等
著. -- 北京：北京燕山出版社，2020.5
ISBN 978-7-5402-4828-4

Ⅰ.①唯… Ⅱ.①冰… Ⅲ.①短篇小说－小说集－中
国－现代②散文集－中国－现代 Ⅳ.①I216.1

中国版本图书馆CIP数据核字(2020)第110782号

唯有你，让我希望有来生：女子爱情之美

作　　者：冰心 等
责任编辑：王月佳
装帧设计：仙境设计
出版发行：北京燕山出版社
社　　址：北京市丰台区东铁匠营苇子坑138号C座
电　　话：010-65240430
印　　刷：天津创先河普业印刷有限公司
开　　本：880mm×1240mm 1/32
字　　数：140千字
印　　张：9
版　　次：2021年1月第1版
印　　次：2021年1月第1次印刷
定　　价：48.00元

凡例

　　《唯有你，让我希望有来生》收录了从民国到当代22位名家关于爱情的书信、散文或小说。由于时代的变迁，书中某些字词的运用已经不符合现今读者的阅读习惯，部分遣词造句、外国人名、地名译法也与今日不同，内容上有前后不统一的现象，标点符号的运用与现行的规范也有一定区别。

　　因此，我们在参照权威版本的基础上，一方面尽量保持原作的风貌，未作大的改动；另一方面也根据现代阅读习惯及汉语规范，对原版行文明显不妥处酌情勘误、修订，从标点到字句再到格式等，都制定了一个相对严谨的校正标准与流程。

　　除有出处的引文保持原文外，具体操作遵从以下凡例：

　　一、标点审校，尤其是引号、分号、书名号、破折号等的使用，均按照现代汉语规范进行修改。但为尊重作家的语感和习惯，顿号和逗号的用法没有作严格的区分。

　　二、原版中的异体字，均改为现代通用简体字。

　　三、民国时期的通用字，均按现代汉语规范进行语境区分。如："的""地""得""底"酌情改为"的""地""得"，"那"酌情改为"哪"，"么"酌情改为"吗"等。

四、词语发生变迁的，均以现代汉语标准用法统一修订，如："甚么"改"什么"、"惟一"改"唯一"、"发见"改"发现"、"想像"改"想象"等。

五、外文书名、篇名均改为斜体。

六、书信部分，因均为作者手写信，故有部分错漏字现象。漏字者，以圆括号内加字补足；错字或别字，在保留原字的基础上，在方括号内给出正确写法。

七、书信部分偶有作者加的旁注，以不同正文的格式来显示，以便区分。

八、书信部分的署名和日期，在统一格式的基础上，尊重原信书写方式，多采用汉字表达方式，缺年份的，在圆括号内以阿拉伯数字标出，以供参考。

九、与现今译法不同的外国人名、地名，尊重原文未做改译，在文末以篇后注方式告知今译。

十、酌情补注，简短为宜，注释方式为篇后注。注释如无特别说明，均为编者注。

十一、书中各篇标题、落款、注释等编辑元素统一设计处理（包括字体、字号、间距等设计元素）。

限于水平，难免有谬误之处，还望读者海涵。

作家名录

鲁迅（1881.9.25—1936.10.19）：原名周樟寿，后改名周树人，字豫才，绍兴府会稽县（今浙江省绍兴市绍兴县）人。其主要成就包括杂文、短中篇小说、文学、思想和社会评论、古代典籍校勘与翻译等。他原本就读于日本仙台医学专门学校，后弃医从文，成为著名的作家和民主战士。其主要代表作品有《阿Q正传》《伪自由书》《热风》等。

许地山（1893.2.3—1941.8.4）：名赞堃，字地山，笔名落华生（亦为"落花生"），原籍广东揭阳，中国现代著名小说家、散文家、"五四"时期新文学运动先驱者之一，也是20世纪问题小说代表人物之一。他在北京大学任教期间与瞿秋白、郑振铎等人联合主办《新社会》旬刊，积极宣传革命。他一生创作的文学作品多以闽、台、粤和东南亚、印度为背景，主要著作有《危巢坠简》《道教史》《达衷集》《印度文学》等。

高君宇（1896.10.22—1925.3.5)：名尚德，字锡三，号君宇，山西省静乐县峰岭底村（今属娄烦）人。中国共产党和共青团的早期领导人之一。

郁达夫（1896.12.7—1945.8.29）：原名郁文，字达夫，幼名阿凤，浙江富阳人，中国现代作家。郁达夫是新文学团体"创造社"的发起人之一，同时也是一位为抗日救国而殉难的革命烈士。他在创作文学的时候也不忘参加各种反帝抗日组织，在一些城市从事抗日救国宣传活动。其主要代表作品有《沉沦》《故都的秋》《春风沉醉的晚上》《迟桂花》等。

徐志摩（1897.1.15—1931.11.19）：原名章垿，字槱森，浙江嘉兴海宁硖石人，新月派代表诗人、新月诗社成员、散文家。徐志摩在剑桥两年深受西方教育的熏陶及欧美浪漫主义和唯美派诗人的影响，奠定了他的浪漫主义诗风。1923 年他成立了新月社，同年加入了文学研究会。作为《现代诗评》周刊的创始人之一，他于 1925 年负责接编《晨报》副刊。其主要代表作品有《翡冷翠的一夜》《轮盘》《巴黎的鳞爪》等。

许广平（1898.2.12—1968.3.3）：笔名景宋，人称许景宋，广东广州人，中国文学家、思想家鲁迅的配偶。

庐隐（1898.5.4—1934.5.13）：原名黄淑仪，又名黄英，福建省闽侯县南屿乡人，与冰心、林徽因并称为"福州三大才女"。庐隐的文学风格深受文学研究会的影响，强调"为人生"，作品表现了底层人民生活的苦难，提倡人道主义的"善"和"同情"。"五四运动"前期，庐隐的作品主要是"社会问题小说"，后期则是"心理问题小说"。其主要代表作品有《海滨故人》《象牙戒指》《地上的乐园》等。

朱自清（1898.11.22—1948.8.12）：原名自华，号秋实，中国现代散文家、诗人、学者、民主战士。朱自清在北大学习期间，积极参加"五四运动"和平民教育讲演团；1919年他开始发表诗歌，其诗作清新明快，在诗坛上凸显了自己的特色；1922年，他与俞平伯等人创办《诗》月刊，积极参加新文学运动；1925年他开始研究中国古典文学，创作则以散文为主。其主要代表作品有《毁灭》《背影》《春》《欧游杂记》等。

瞿秋白（1899.1.29—1935.6.18）：号熊伯，字秋白，出生于江苏常州，作家、诗人、翻译家、文学评论家。

老舍（1899.2.3—1966.8.24）：原名舒庆春，字舍予，北京满族正红旗人，中国现代作家、语言大师，第一位"人民艺术家"称号获得者。他于1921年在《海外新声》上发表《她的失败》，这是迄今为止发现的老舍的最早的一篇作品；1926年，他在《小说月报》上连载长篇小说《老张的哲学》。其主要代表作品有《骆驼祥子》《四世同堂》《茶馆》等。

闻一多（1899.11.24—1946.7.15）：湖北省黄冈市浠水县人，中国诗人、学者、爱国主义者和民主主义者，中国现代作家。

冰心（1900.10.5—1999.2.28）：本名谢婉莹，福建省福州市长乐人，中国现代女作家，晚年被尊称为"文坛祖母"。代表作有《繁星·春水》《寄小读者》。

蒋光慈（1901.9.11—1931.8.31）：学名如恒，后改宣恒，自号侠生、侠增，安徽六安霍邱白塔畈（今属金寨）人。小说作家，有《蒋光慈文集》行世。

石评梅（1902.9.20—1928.9.30）：原名汝璧，山西省平定县人，中国近现代女作家、革命活动家，"民国四大才女"之一。石评梅在念书期间，就展现了对文学创作的热爱，曾在《晨报副刊》连载长篇游记《模糊的余影》，并编辑了《京报副刊·妇女周刊》与《世界日报副刊·蔷薇周刊》。她一生创作了许多作品，以诗歌见长。其主要代表作品有《红鬃马》《匹马嘶风录》《涛语》等。

沈从文（1902.12.28—1988.5.10）：原名沈岳焕，字崇文，湖南凤凰人，中国著名作家、历史文物研究者。沈从文从1924年开始不断地在《晨报》《语丝》等期刊上发表自己的作品，后于1928年从北京到上海，与胡也频、丁玲筹办《红黑》杂志和出版社。其主要代表作品有《石子船》《八骏图》《边城》《湘西》《湘行散记》等。

陆小曼（1903.11.7—1965.4.3)：名眉，别名小眉、小龙，笔名冷香人、蛮姑，江苏常州人，徐志摩之妻。近代画家，师从刘海粟、陈半丁、贺天健等名家，晚年被吸收为上海中国画院专业画师。精通英文和法文，曾被北洋政府聘为外交部翻译官。她擅长戏剧，尤谙昆曲，曾与徐志摩合作创作五幕话剧《卞昆冈》。

林徽因（1904.6.10—1955.4.1）：原名林徽音，中国著名建筑师、诗人，民国初年女子地位提升的代表人物之一。青年时期在诗歌、小说、散文、话剧等领域均有著作，时人称为"才女"，而后专攻建筑。代表作有《你是人间四月天》《九十九度中》《窗子以外》等。

朱湘（1904—1933.12.5)：字子沅，中国现代诗人，新月派重要作家。安徽太湖人，生于湖南沅陵。其人才华横溢，性格直率，个性高傲。朱湘在散文、诗歌以及翻译领域均有作品，作品风格细腻秀丽，丰神多姿。代表作有《夏天》《草莽集》等。

戴望舒（1905.3.5—1950.2.28）：浙江杭州人，中国现代诗人、翻译家。笔名有戴梦鸥、江恩、艾昂甫等。戴望舒属象征派，以音节和色彩见长，避开了新诗晦涩之通病，代表作为《雨巷》《我的记忆》，有诗集《望舒诗稿》。戴望舒通法语、西班牙语和俄语等欧洲语言，一直致力于将欧洲文学翻译为中文，译作有《鹅妈妈的故事》《恶之花掇英》等。

梁遇春（1906—1932）：福建闽侯人，中国现代作家、翻译家。有译作《近代论坛》《英国诗歌选》等。1926年开始陆续在《语丝》《奔流》《骆驼草》《现代文学》《新月》等刊物上发表散文，后集结出版散文集《春醪集》《泪与笑》。散文富有才气，顾盼生姿。

萧红（1911.6.1—1942.1.22）：本名张廼莹，笔名萧红、悄吟、田娣、玲玲，黑龙江省呼兰县（今哈尔滨市呼兰区）人，民国时期著名女作家。萧红一生流离坎坷，却能以悲悯的胸怀关注人的生存境遇，作品情感基调悲喜交杂，语言风格、写作视角和行文结构独树一帜，代表作为《生死场》《呼兰河传》。

朱生豪（1912.2.2—1944.12.26）：原名朱文森，又名文生，学名森豪，笔名朱朱、朱生等，中国浙江省嘉兴人，是中国翻译莎士比亚作品较早和最多之人。朱生豪共译出莎士比亚悲剧、喜剧、杂剧与历史剧31部半，译文质量和风格卓具特色，为国内外莎士比亚研究者所公认。

目 录

卷 一　相爱是肯给对方看自己的灵魂

卷 二   世上一切算什么，只要有你

卷 三　　只愿天下情侣，不再有泪如你

卷一

相爱是肯给对方看自己的灵魂

朱湘情书

朱湘

我爱的霓妹：

昨晚做了一个梦，梦到你，哭醒了。醒过来之后，大哭了一场。不过不能高声痛快的哭一场，只能抽抽噎噎的，让眼泪直流到枕衣上，鼻涕便在鼻孔里面。

今天是礼拜天，我看书看得眼睛都痛了，半是因为昨夜哭过的缘故。今天有太阳，这在芝加哥算是好天气了。天上虽然没有云，不过薄薄的好像蒙上了一层灰，看来凄惨得很。正对着我的这间房（在二层楼上）从窗子中间，看见一所灰色的房子，这是学校的，一点声音也听不见，好像死人一般。房子的前面是一块空地基，上面乱堆着些陈旧的木板。我看着这所房，这片地，心里说不出地恨它们。

我如今简直像住在监牢里面，没有一个人说一句知心的话，有时看见一双父母带着子女从窗下路上走过去：这是礼拜日，父亲母亲工厂内都放了工，所以他们带了儿子女儿出门散步。我看见他们，真是说不出的羡慕。

我如今说起来很好听，是一个留学生，可是想像工人一样享一点家庭的福都不能够，这是多么可怜又多么可恨。我写到这里，就忽地想起你当时又黄又瘦的面貌来，眼眶里又酸了一下。只要在中国活得了命，我又何至于抛了妻子儿女来外国受这种活牢的罪呢。

霓君，我的好妹妹，我从前的脾气实在不好，我知道有许多次是我得罪了你，你千忍万忍忍不住了，才同我吵闹的。不过我的情形你应该明白。我实在是在外面受了许多的气，并且那时一屁股的欠债，又要筹款出洋，我实在是不知怎样办法是好。我想你总可以饶恕我吧？这次回家之后，我想一定可以过得十分美满，比从前更好。

写这行的时候，听到一个摇篮里的小孩在门外面哭，这是同居的一家新添的孩子，我不知何故，听到他的哭声，心中恨他，恨他不是小沅、小东，让我听了。我又想到你的温柔，你对我的千情万意，分开了，不能见面，不能立刻见面，说一句知心话，彼此温存一下，像从前在京城旅馆内初见面时那样温存一下。你还记得当时你是怎样吗？我靠在你身旁坐下，你身上面的一股热气直扑到我的脸上（我想我当时的热气也一定扑到了你的脸上）。我当时心里说不出的痒痒。后来我要摸你的手，我偷偷地摸到握住，你羞怯怯的好像新娘子一样，我当时真是说不出的快活。天呐，天呐，但望两三年后，夫妻都好，再能尝尝那种爱情的美味吧。

沅

三月四日（1928 年）第五封

今天只写两张

沈从文

十六日上午九点

现在已九点钟，小船还不开动，大雪遮盖了一切，连接了天地。我刚吃过饭。我有点着急，但也明白空着急毫无益处。晚上又睡不好。同你离开后就简直不能得到一个夜晚的安睡。但并不妨事，精神可很好。七点左右我就起来看自己的书，校正了些错字，且反复检查了一会儿。《月下小景》不坏，用字顶得体，发展也好，铺叙也好。尤其是对话。人那么聪明！二十多岁写的。这文章的写成，同《龙朱》一样，全因为有你！写《龙朱》时因为要爱一个人，却无机会来爱，那作品中的女人便是我理想中的爱人。写《月下小景》时，你却在我身边了。前一篇男子聪明点，后一篇女子聪明点。我有了你，我相信这一生还会写得出许多更好的文章！有了爱，有了幸福，分给别人些爱与幸福，便自然而然会写得出好文章的。对于这些文章我不觉得骄傲，因为等于全是你的。没有你，也就没有这些文章了。而且是习作，时间还多呐。

我今天想做点事，写两篇短论文，好在辰州时付邮。故只预备为你写两张信。我的小船已开动了，看情形，到家中至少还得七天。我发现所带的信纸太少了，在路上就会完事，到家后不知用什么来写信。我忘了告你把信寄存到辰州邮局的办法了，若早记着这一种办法，则我船到辰州时，可看到你几封信，从家中回辰时，又可接到你一大批信了。多有你些信，我在路上也一定好过些。

我真希望你梦里来找寻我，沿河找那黄色小船！在一万只船中找那一只。好像路太远了点，梦也不来。我半夜总为怕人的梦惊醒，心神不安，不知吃什么就好些。我已买了一顶绒帽，同我两人在前门大街看到的一样，花去了四角钱。还不能得一双棉鞋，就因为桃源地方各处便买不出棉鞋。我也许到辰州便坐轿子回去，因为轿子到底快一些。坐轿人可苦一点，然而只要早到早回，苦点也不在乎了。天气太冷，空气也仿佛就要结冰的样子。乡村有鸡叫，鸡声也似乎寒冷得很。来得不凑巧，想不到南方的冷比北方还坏些。

又有了橹歌。简直是诗！在这些歌声中我的心皆发抖，它好像在为我唱的，为爱而唱的。事实上是为了劳动而自得其乐唱的。下水船摇橹不费事！

船坐久了心也转安静，但我还是受不了的。每一桨下去，我皆希望它去得远一点，每一篙撑去，我皆希望它走得快一点。但一切无办法。水太急了，天气又太冷。

今天小船还得上一个大滩，也许我就得上岸走路。这滩上照例有若干大船破碎不完地搁在浅水中，照例每天有船坏事。你可放心，这全是大船出的乱子，小船分量轻，面积小，还无资格搁在那地方的！并且上水从河边走，更无所谓危险，这信到你手边时，过三四天我一定又坐着这样小船在下滩了。那滩名"青浪滩"，问九九，九九知道。滩长廿五里，不到十分钟可以下完。（旁注：共四十里廿分钟直下，好险！）至于上去，可就麻烦了，有时一整天。大船上去得一整天，小船则两三个钟头够了。天气好些，我当照个相，送给你领略一下，将来上行时有个分寸。四丫头一定不怕这种滩水，因为她的大相在旅行中还是笑眯眯的。

我小船已上一小滩了，水吼得吓人，浪打船边舱板很重。我不怕，我不怕。有了你在我心上，我不拘做什么皆不吓怕了。

你还料不到你给了我多少力气和多少勇气。同时你这个人也还不很知道我如何爱你的。想到这里我有点小小不平。

我今天恐不能为你作画了，我手冻得发麻，画画得出舱外风中去，更容易把手冻僵，故今天不拿铅笔。山同水越到上面也越好，同时也似乎因太奇太好，更不能画它了。你若见到了这里的山，你就会觉得崂山那些地方建筑房子太可笑了。也亏山东人好意思，把那些地方当成好风景，而且作为修仙学道的地方。真亏他们。你明年若可以离开北平了，我们两人无论如何上来一趟，到辰州家中住一阵，看看这里不称为风景的山水，好到什么样子。我还希望你有机会同我到凤凰住住，你看那些有声有色的苗人如何过日子！

三三，我的小船快走到妙不可言的地方了，名字叫"鸭窠围"，全河是大石头，水却平平的，深不可测。石头上全是细草，绿得如翠玉，上面盖了雪。船正在这左右是石头的河中行走。"小阜平冈"，我想起这四个字。这里的小阜平冈多着……

二哥

一月十六十点（1934年）

瞿秋白致杨之华的信

瞿秋白

第 1 封

之华：

今天接到你二月二十四日的信，这封信算是走得很快的了。你的信，是如此之甜蜜，我像饮了醇酒一样，陶醉着。我知道你同着独伊①去看《青鸟》，我心上非常之高兴。《青鸟》是梅德林②的剧作，俄国剧院做得很好的。我在这里每星期也有两次电影看，有时也有好片子，不过从我来到现在，只有一次影片是好的，其余不过是消磨时间罢了。独伊看了《青鸟》一定是非常高兴，我的之华，你也要高兴的。

之华，我想如果我不延长在此的休息期，我三月八日就可以到莫斯科，如果我还要延长两星期那就要到三月二十日。

我如何是好呢？我又想快些快些见着你，又想依你的话多休息几星期。我如何呢？之华，体力是大有关系的。我最近几天觉得人的兴致好些，我要运动，要滑雪，要打乒乓球，想着将来的工作计划，想着如何地同你在莫斯科玩耍，如何地帮你读俄文，教你练习汉文。我自己将来想做的工作，我想是越简单越好，以前总是"贪多少做"。

可是，我的肺病仍然是不大好，最近两天右部的胸膛痛得厉害，医生又叫我用电光照了。

之华，《小说月报》怎么还没有寄来，问问云白看！

之华，独伊如此的和我亲热了，我心上极其欢喜，我欢喜她，想着她的有趣齐整的笑容，这是你制造出来的啊！之华，我每天总是梦着你或是独伊。梦中的你是如此之亲热……哈哈。

要睡了，要再梦见你。

秋白

二月二十六日晚（1929年）

第 2 封

之华：

　　昨天接到你的三封信，只草草地写了几个字，一是因为邮差正要走了，二是因为兆征死的消息震骇得不堪，钱寄到的时候，我都不知道！（三十元已接到。）

　　整天地要避开一切人——心中的悲恸似乎不能和周围的笑声相融。面容是呆滞的，孤独地在冷清清的廊上走着。大家的欢笑，对于我都是很可厌的。那厅里送来的歌声，只使我想起：一切人的市侩式的幸福都是可鄙的，天下有什么事是可乐的呢？

　　一九二二年香港罢工（海员）的领袖，他是党里工人领袖中最直爽最勇敢的，如何我党又有如此之大的损失呢？前月我们和史太林③谈话时，他所关心的问题，是如何地切合于群众斗争的需要；他所教训我的——尤其是八七之后，是如何的深切。

　　可是他的死状，我丝毫也不知道，之华，你写的信里说得太不明白了。他是如何死的呢？

　　之华，你自己的病究竟怎样？我昨天因为兆征死的消息和念着你的病，一夜没有安眠，乱梦和噩梦颠倒神魂，今天觉得很不好过。

我钱已经寄到了，一准二十一日早晨动身回莫。你快通知云，叫他和□□④商量，怎样找汽车二十二日早上来接我，在布良斯克车站——车到的时刻可以问一问；我这里是二十一日下午五时……分从利哥夫车站开车。之华，你能来接我更好了！！！

之华，我只是想着你，想着你的心——这是多么甜蜜和陶醉。我的爱是日益地增长着，像火山的喷烈，之华，我要吻你，我俩格外地要保重自己的身体——我党的老同志凋谢得如此之早啊。仿佛觉得我还没有来得及做着丝毫呢！！

秋白

三月十二日（1929 年）

第 3 封

之华：

临走的时候，极想你能送我一站，你竟徘徊着。

海风是如此的飘漾，晴明的天日照着我俩的离怀。相思的滋味又上心头，六年以来，这是第几次呢？空阔的天穹和碧落的海光，令人深深地了解那"天涯"的意义。海鸥绕着桅樯，像是依恋不舍，其实双双栖宿的海鸥，有着自由的两翅，还羡慕人间的鞅掌。我俩只是少健康，否则如今正是好时光，像海鸥样的自由，像海天般的空旷，正好准备着我俩的力量，携手上沙场。之华，我梦里也不能离你的印象。

独伊想起我吗？你一定要将地名留下，我在回来之时，要去看她一趟。下年她要能换一个学校，一定是更好了。

你去那里，尽心地准备着工作，见着娘家的人，多么好的机会。我追着就来，一定是可以同着回来，不像现在这样寂寞。你的病怎样？我只是牵记着。

可惜，这次不能写信，你不能写信。我要你弄一本小书，将你要写的话，写在书上，等我回来看！好不好？

秋白

七月十五日（1929 年）

注释：

① 杨之华之女，瞿秋白之继女。

② 莫里斯·波利多尔·马里·贝尔纳·梅特林克（1862—1949），比利时诗人、剧作家、散文家，1911年诺贝尔文学奖获得者，其作品主要探讨死亡及生命的意义。他的剧作《青鸟》讲述了贴贴尔和弥贴尔兄妹寻找能带来幸福的青鸟的故事。

③ 即斯大林。

④ □□，原文缺失。

闻一多致高孝贞的信

闻一多

第 1 封

亲爱的妻：

这时他们都出去了，我一人在屋里，静极了，静极了，我在想你，我亲爱的妻。我不晓得我是这样无用的人，你一去了，我就如同落了魂一样。我什么也不能做。前回我骂一个学生为恋爱问题读书不努力，今天才知道我自己也一样。这几天忧国忧家，然而最不快的，是你不在我身边。亲爱的，我不怕死，只要我俩死在一起。我的心肝，我亲爱的妹妹，你在哪里？从此我再不放你离开我一天，我的肉，我的心肝！你一哥在想你，想得要死！

亲爱的：午睡醒来，我又在想你。时局确乎要平静下来，我现在一心一意盼望你回来，我的心这时安静了好多。

十六日（1937 年 7 月）

第 2 封

妹：

今天早晨起来拔了半天草，心里想到等你回来看着高兴，荷花也放了苞，大概也要等你回来开，一切都是为你。

十七日（1937 年 7 月）早

第 3 封

贞：

此次出门来，本不同平常，你们一切都时时在我挂念之中，因此盼望家信之切，自亦与平常不同。然而除三哥为立恕的事，来过两封信外，离家将近一月，未接家中一字。这是什么缘故？出门以前，曾经跟你说过许多话，你难道还没有了解我的苦衷吗？出这样的远门，谁情愿，尤其在这种时候？一个男人在外边奔走，千辛万苦，不外是名与利。名也许是我个人的事，但名是我已经有了的，并且在家里反正有书可读，所以在家里并不妨害我得名。这回出来唯一目的，当然为的是利。讲到利，却不是我个人的事，而是为你我，和你我的儿女。何况所谓利，也并不是什么分外的利，只是求将来得一温饱，和儿女的教育费币已。这道理很简单，如果你还不了解我，那也太不近人情了！这里清华、北大、南开三个学校的教职员，不下数百人，谁不抛开妻子跟着学校跑？连以前打算离校，或已经离校了的，现在也回来一齐去了。你或者怪了我没有就汉口的事①，但是我一生不愿做官，也实在不是做官的人，你不应勉强一个人做他不能做不愿做的事。我不知道这封信写给你，有用没有。如果你真是不能回心转意，我又有什么办法？儿女们又小，他们不懂，我有苦向谁诉去？那天动身的时候，他们都睡着了，我想如果不叫醒他们，说我走了，恐怕第二天他们起来，不看见我，心里失望，所以我把他们一个个叫醒，跟他说我走了，叫他再睡。但是叫到小弟，话没有说完，喉咙管硬了，说不出来，所以大妹我没有叫，实在是不能叫。本来还想嘱咐赵妈几句，索性也不说了。我到母亲那里去的时候，不记得说了些什么话，我难过极了。

　　出了一生的门，现在更不是小孩子，然而一上轿子，我就哭了。母亲这大年纪，披着衣裳坐在床边，父亲和四弟半夜三更送我出大门，那时你不知道是在睡觉呢还是生气。现在这样久了，自己没有一封信来，也没有叫鹤、雕随便画几个字来。我也常想到，四十岁的人，何以这样心软。但是出门的人盼望家信，你能说是过分吗？到昆明须四十余日，那么这四十余日中是无法接到你的信的。如果你马上就发信到昆明，那样我一到昆明，就可以看到你的信。不然，你就当我已经死了，以后也永远不必写信来。

多

二月十五日（1938 年）

第 4 封

贞：

在昆明所发航空信想已收到。我们五月三日启程来蒙自，当日在开远住宿（前言说在壁虱寨，错误），次日至壁虱寨（地图或称碧色寨）换车，行半小时，即抵蒙自。到此，果有你们的信四封之多，三千余里之辛苦，得此犒赏，余愿足矣！

你说以后每星期写一信来，更使我喜出望外。希望你不失信。如果你每星期真有一封信来，我发誓也每星期回你一封。在先总以为蒙自地方甚大，到此大失所望。数十年前，蒙自本是云南省内第一个繁荣的城市。但当法国人修滇越铁路的时候，愚蠢的蒙自人不知为何誓死反对它通过。于是铁路绕道由碧虱寨经过，于是蒙自的商务都被开远与昆明占去，而自己渐渐变为一个死城了。到如今，这里没有一家饭馆，没有澡堂，文具店里没有糨糊与拍纸簿，广货店里没有帐子。

这都是我到此后急于需要的东西，而发现它都没有。然而有些现象又非常奇怪。这里有的是大洋楼，例如法国海关、法国医院、歌胪士洋行等等，都是关着门没有人住的高楼大厦，现在都以每年三两元的租金租给联合大学作校舍了。自从蒙自觉悟当初反对铁路通过之失策，于是中国自己筑了一条轻便铁道，从碧虱寨经过蒙自与个旧，以至石（屏），名曰碧个石铁路（我们从碧虱寨换车来到蒙自，便是这条铁路。），但是蒙自觉悟太晚了，他的繁荣仍旧无法挽回。直到今天，三百多学生，几十个教职员，因国难关系，逃到这里来讲学，总算给蒙自一阵意外的热闹，可惜这局面是暂时的，而且对于蒙自的补益也有限。总之，蒙自地方很小，生活很简单。因为有些东西本地人用不着，我们却不能不用的，这些东西都是外来的，价钱特别贵，所以我们初到此需要一笔颇大的"开办费"。但这些东西办够了，以后恐怕就有钱无处用了，归根地讲，我们住蒙自还是比住昆明强。

前天经过开远的时候，遇见殷先生全家新从海道来，往昆明去。殷太太当然问起你，殷益蕃和他们大妹望着我笑，虽然没有说话，但我明白他们心里是在说"闻立鹤、闻立雕呢？"余肇池先生现在就住在我隔壁，余太太和他们全家住在昆明，大概不搬到蒙自来，反正蒙自到昆明，快车只一天路程。张荫麟在昆明，他太太住在香港，暂时不来。汪一彪在昆明，太太快来了。此外一时想不起，就住在我隔壁房间的讲，陈寅恪、浦薛凤、沈乃正家眷都未来。但也有租好房子，打算接家眷的，如朱佩弦、王化成等是也。问你安好！

五月五日（1938 年）

第 5 封

贞：

　　今天接到你六月二十四日的信，说三四日内动身来省，现在想已来到，婆婆想已去沙洋，爹爹何时来省，细叔现在何处，来函盼告我。武汉局势暂时似不要紧，近日敌机仿佛也不大到武汉来，你们暂时在武昌住下再说，万一空袭来得厉害，就往咸宁躲一躲，请大舅在武昌我家暂住，以便照料。旧衣服可先寄来，我需要的裤褂以及你们应添的衣服，若来得及，无妨做起来，也由邮局寄来，上次信上说到学校迁移的事，究竟迁到什么地方，现在尚未决定。如果在昆明附近，我们还是住昆明。但我一时又不能到昆明去找房子，二十五日考大考，我大概要月底把卷子看完，才能离开蒙自，你们最好也在月底动身，汽车票听说要早买，或者月半前后请大舅上长沙去一趟，把票先买回来，亦无不可。将来走时，仍请大舅送至长沙，到贵阳可找我的同班聂君照料，下次我再寄一封介绍信来。细叔的事大致无问题，上次信中已说过，细娘是否同来，关于他们的情形，来信请告诉我，以便好找房子，现在计划已经大致决定，我想你心里可以高兴点，只再等一个月，我们就可见面，这次你来了，以后我当然决不再离开你，无论如何，我决不再离开你一步，我想，你也是这样想吧？叫孩子们放乖些，鹤、雕读书写字不可间断，前回信上说你又有些发心慌，现在好了没有？

多

七月一日（1938年）

前请三哥定《大公报》，如未定，请不要定了。

注释：

① 闻一多的好友邀闻一多任教育部次长，为其所拒，当时闻家生活比较困难，而当官收入可救燃眉之急。高孝贞对闻一多此举十分气愤，好几个月都不给闻一多回信。

鲁迅与许广平的信

鲁迅 / 许广平

许广平写给鲁迅的信

小白象：（你的鼻子并未如你所绘的仰起，还是垂下吧）

　　你十五夜写的信，今午饭（廿日）三先生回来时交给我了，信必是十六发，五天就到了，邮局懂事得很。我十四发的信，自然你也于今天之前收到了，我先以为见你信总在廿二三左右，因路上有八天好停顿的，今日见信，意外欢喜，同时喜极泪下，情不自禁者没奈何也。

　　你路上有熟人遇见，省得寂寞，甚好，又能睡更好，我希望你在家时也挪出些工夫睡觉，不要拼命写，做，干，想……

　　我这几天经验下来，大概，夜里不是一二时醒，就是四五时醒，平常这两个时候我总有醒的必要，这是应该的，偶然连夜的醒，第三夜就可一直睡至天亮补足，即如昨夜约十时睡，至今早六时多才醒，一睡甚足，七时即起床了。昼间我不想睡，怕睡太多夜里不要睡也，但精神甚好，不似前些天的疲劳，通常日里做做生活，夜里读读书然后就睡，天气暖了，鼻子不致冻冷，而且夜里也不须起来小解，更不会冻冷了。

家里人杂，东西乱翻，你不妨检收停妥，多带些要用的南来，值钱的古书，或锁起来，或带来，免失落难查。客人来是无法禁止的，你回去短时间，能不干涉最好，省得淘气伤精神更为失算，反正尽了你做儿子的心，其他不必问了。

你的乖姑甚乖，这是敢担保的，她的乖处就在听话，小心体谅小白象的心，自己好好保养，也肯花些钱买东西吃，也并不整天在外面飞来飞去，也不叫身体过劳，好好地，好好地保养自己，养得壮壮的，等小白象回来高兴，而且更有精神陪他。他一定也要好好保养自己，平心和气，渡［度］过豫［预］定的时光，切不可越加瘦损，已经来往跋涉，路途辛苦，再劳心苦虑，病起来怎样得了！

三先生吃饭见面时总找些时事和我谈谈，王也格外照应，小孩有时候在楼下翻翻东西，但不久也为大人制止，还算好的。

我写给你的信，把生活状况一一说了，务求其详，但大体是好的。即如少睡些，也是照常，并非例外，困起来就更多睡了，你切不可言外推测，如来信所云，我十二时尚未睡，其实我十二时总在熟睡中的，今日接北平常妹信，说那面可穿单衣，你也可少穿些了。上海这两天晴，甚和暖，一到落雨，又相差廿多度了。

小刺猬

五，廿，下午二时（今早也发了一信）

鲁迅给许广平的回信

小刺猬：

听说上海北平之间的信件，最快是六天，但我于昨天（十八）晚上姑且去看看信箱——这是我们出京后所设的——竟得到了十四日发的小刺猬信，这使我怎样地高兴呀。未曾四条胡同，尤其令我放心，我还希望你善自消遣，能食能睡。写给谢君的信，是很好的，但说得我太好了一点。看现在的情形，我们的前途似乎毫无障碍，但即使有，我也决计要同小刺猬跨过它而前进的，绝不畏缩。

母亲的记忆力坏了些了，观察力注意力也略减，有些脾气，近于小孩子了。对于我们的感情是好的。也希望老三回来，但其实是毫无事情。

前天马幼渔来看我，要我往北大教书，当即谢绝。同日又看见李秉中，他万不料我也在京，非常高兴。他们明天在来今雨轩结婚，听听口气，两人的感情似乎好起来了。我想于上午去一趟，今天托令弟买了绸子衣料一件，价十一元余，作为贺礼带去。新人是女大的学生，音乐系。

林卓凤问令弟，听说鲁迅有要好的人了，结过婚了没有？但未提那"人"是谁。令弟答以不知道。这是细事，不足深考，顺便谈谈而已。她往西山养病，自云胃病，我想，恐怕是肺病，否则，何必到西山去养呢。

昨晚探到你的来信后，正看着，车家的男女又来了，见我已回，大吃一惊，男的便到客栈去，女的今天也走了。我对他们很冷淡，因为我又知道了车男寓客厅时，又曾将我的书厨〔橱〕的锁弄破，开开了门。

（以上十九日之夜十一点写。）

二十日上午，小刺猬十六日所发的信也收到了，也很快。但老三汇款之信，至今未到，大约因为挂号之故吧。小刺猬的生活法，据报告，很使我放心。我也好的，看见的人，都说我精神比在北京时好。这里天气很热，已穿纱衣，我于空气中的灰尘，已不习惯，大约就如鱼之在浑水里一般，此外却并无不舒服。

昨天午前往中央［山］公园贺李秉中，他很高兴。在那里看见刘文典，谈了一通。新人一到，我就走了。她比李短一点，并不美，但也不丑，适中的人。下午访沈尹默，略谈了一些时，又访兼士、凤举、徐祖正、徐旭生，都没有会见。就这样的过了一天。夜九点钟，就睡着了，直至今天七点才醒。上午想理些带出的书籍，但头绪纷繁，无从下手，也许终于理不成功的，恐怕《中国字体变迁史》也不是在上海所能作吧。

今天下午我仍要出去访人，明天是往燕大讲演。我这回本来想决不多说话，但因为在那边是现代派太出风头了，所以想去讲几句。倘交通如故，我于月初要走了，但决不冒险，千万不要担心。因为我是知道冒险主权，并不是全权在我的。《冰块》留下两本，其余可送赵公们。《奔流》来稿，可请赵公写回信寄还他们，措辞和上次一样。小刺猬，愿你好好保养，下回再谈。

（以上二十一日午后一时写。）

你的小白象

萧红致萧军的信

萧红

第 1 封
由船上寄——上海

君先生：

　　海上的颜色已经变成黑蓝了，我站在船尾，我望着海，我想，这若是我一个人怎敢渡过这样的大海！

　　这是黄昏以后我才给你写信，舱底的空气并不好，所以船开没有多久我时时就好像要呕吐，虽然吃了多量的胃粉。

　　现在船停在长崎了，我打算下去玩玩。昨天的信并没写完就停下了。

　　到东京再写信吧！祝好！

莹

七月十八日（1936 年）

第 2 封

日本东京——上海

均：

　　你的身体这几天怎么样？吃得舒服吗？睡得也好？当我搬房子的时候，我想：你没有来，假若你也来，你一定看到这样的席子就要先在上面打一个滚，是很好的，像住在画的房子里面似的。

　　你来信寄到许的地方就好，因为她的房东熟一些。

　　海滨，许不去，以后再看，或者我自己去。

　　一张桌是（和）一个椅子都是借的，屋子里面也很规整，只是感到寂寞了一点，总有点好像少了一点什么！住下几天就好了。

　　外面我听到蝉叫，听到踏踏的奇怪的鞋声，不想写了！也许她们快来叫我出去吃饭的时候了！

　　你的药不要忘记吃，饭少吃些，可以到游泳池去游泳两次，假若身体太弱，到海上去游泳更不能够了。祝好！

　　别的朋友也都祝好！

莹

七月二十一日（1936 年）

第 3 封

日本东京——上海

均：

现在我很难过，很想哭。想要写信钢笔里面的墨水没有了，可是怎样也装不进来，抽进来的墨水一压又随着压出来了。

华起来就到图书馆去了，我本来也可以去，我留在家里想写一点什么，但哪里写得下去，因为我听不到你那噔噔上楼的声音了。

这里的天气也算很热，并且讲一句话的人也没有，看的书也没有，报也没有，心情非常坏，想到街上去走走，路又不认识，话也不会讲。

昨天到神保町的书铺去了一次，但那书铺好像与我一点关系也没有，这里太生疏了，满街响着木屐的声音，我一点也听不惯这声音。这样一天一天的我不晓得怎样过下去，真是好像充军西伯利亚一样。

比我们起初来到上海的时候更感到无聊，也许慢慢就好了，但这要一个长的时间，怕是我忍耐不了。不知道你现在准备要走了没有？我已经来了五六天了，不知为什么你还没有信来？

珂已经在十六号起身回去了。

不写了，我要出去吃饭，或者乱走走。

吟上

七月廿日十时半（1936 年）

第 4 封

日本东京——青岛

均：

今天我才是第一次自己出去走个远路，其实我看也不过三五里，但也算了，去的是神保町，那地方的书局很多，也很热闹，但自己走起来也总觉得没什么趣味，想买点什么，也没有买，又沿路走回来了。觉得很生疏，街路和风景都不同，但有黑色的河，那和徐家汇一样，上面是有破船的，船上也有女人、孩子。它是穿着破皮衣裳。芋且那黑水的气味也一样。

像这样的河，巴黎也会有！

你的小伤风既然伤了许多日子也应该管它，吃点阿司匹林吧！一吃就好。

现在我庄严地告诉你一件事情，在你看到之后一定要在回信上写明！就是第一件你要买个软枕头，看过我的信就去买！硬枕头使脑神经很坏。你若不买，来信也告诉我一声，我在这边买两个给你寄去，不贵，并且很软。第二件你要买一张当作被子来用的有毛的那种单子，就像我带来那样的，不过更该厚点。你若懒得买，来信也告诉我，也为你寄去。还有，不要忘了夜里不要（吃）东西。没有了。以上这就是所有的这封信上的重要事情。

照相机现在你也有用了，再寄一些照片来。我在这里多少有点苦寂，不过也没什么，多写些东西也就添补起来了。

旧地重游是很有趣的，并且有那样可爱的海！你现在一定洗海澡去了好几次？但怕你没有脱衣裳的房子。

你再来信说你这样好那样好，我可说不定也去，我的稿费也可以够了。你怕不怕？我是和（你）开玩笑，也许是假玩笑。

你随手有什么我没看过的书也寄一本两本来！实在没有书

读，越寂寞就越想读书，一天到晚不说话，再加上一天到晚也不看一个字我觉得很残忍，又像我从（前）在旅馆一个人住着的那个样子。但有钱，有钱除掉吃饭也买不到别的趣味。

祝好。

萧上

八月十七日（1936 年）

第 5 封

日本东京——青岛

均：

我和房东的孩子很熟了，那孩子很可爱，黑的，好看的大眼睛，只有五岁的样子，但能教我单字了。

这里的蚊子非常大，几乎是我从来没有见过。

那回在游泳池里，我手上受的那块小伤，到现在还没有好。肿一小块，一触即痛。

现在我每日二食，早食一毛钱，晚食两毛或一毛五，中午吃面包或饼干。或者以后我还要吃得好点，不过，我一个人连吃也不想吃，玩也不想玩，花钱也不愿花。你看，这里的任何公园我还没有去过一个，银座大概是漂亮的地方，我也没有去过，等着吧，将来日语学好了再到处去走走。

你说我快乐地玩吧！但那只有你，我就不行了，我只有工作、睡觉、吃饭，这样是好的，我希望我的工作多一点。但也觉得不好，这并不是正常的生活，有点类似放逐，有点类似隐居。你说不是吗？若把我这种生活换给别人，那不是天国了吗？其实在我也和天国差不多了。

你近来怎么样呢？信很少，海水还是那样蓝吗？透明吗？浪大吗？崂山也倒真好？问得太多了。

可是，六号的信，我接到即回你，怎么你还没有接到？这文章没有写出，信倒写了这许多。但你，除掉你刚到青岛的一封信，后来十六号的（一）封，再就没有了，今天已经是二十六日。我来在这里一个月零六天了。

现在放下，明天想起什么来再写。

今天同时接到你从崂山回来的两封信，想不到那小照相机还照得这样好！真清楚极了，什么全看得清，就等于我也逛了崂山一样。

说真话，逛崂山没有我同去，你想不到吗？

那大张的单人像，我倒不敢佩服，你看那大眼睛，大得我从来都没有看见过。

两片红叶子（已）经干干的了，我记得我初认识你的时候，你也是弄了两张叶子给我，但记不得那是什么叶子了。

孟有信来，并有两本《作家》来。他这样好改字换句的，也真是个毛病。

"瓶子很大，是朱色，调配起来，也很新鲜，只是……"这"只是"是什么意思呢？我不懂。

花皮球走气，这真是很可笑，你一定又是把它压坏的。

还有可笑的，怎么你也变了主意呢？你是根据什么呢？那么说，我把写作放在第一位始终是对的。

我也没有胖也没有瘦，在洗澡的地方天天过磅。

对了，今天整整是二十七号，一个月零七天了。

西瓜不好那样多吃，一气吃完是不好的，放下一会儿再吃。

你说我滚回去，你想我了吗？我可不想你呢，我要在日本住十年。

我没有给淑奇去信，因为我把她的地址忘了，商铺街十号还是十五号？还是内十五号呢？正想问你，下一信里告诉我吧！

那么周走了之后，我再给你信，就不要写周转了？

我本打算在二十五号之前再有一个短篇产生，但是没能够，现在要开始一个三万字的短篇了。给《作家》十月号。完了就是童话了。我这样童话来，童话去的，将来写不出，可应该觉得不好意思了。

东亚还不开学，只会说几个单字，成句的话，不会。房东还不错，总算比中国房东好。

你等着吧！说不定哪一个月，或哪一天，我可真要滚回去的。到那时候，我就说你让我回来的。

不写了。

吟

八月廿七晚七时（1936 年）

祝好。

你的信封上带一个小花我可很喜欢，起初我是用手去掀的。

东京町区富士见町，二丁目九一五中村方

第 6 封

日本东京——上海

均：

我这里很平安，决［绝］对不回去了。胃病已好了大半，头痛的次数也减少。至于意外我想是不会有的了。因为我的生活非常简单，每天的出入是有次数的，大概被"跟"了些日子，后来也就不跟了。本来在未来这里之前也就想到了这层，现在依然是照着初来的意思，住到明年。

现在我的钱用到不够二十元了，觉得没有浪费，但用的也不算少数。希望月底把钱寄来，在国外没有归国的路费在手里是觉得没有把握的，而且没有熟人。

今天少上了一课，一进门就在席子上面躺着一封信，起初我以为是珂来的，因为你的字真是有点像珂。此句我懂了。（但你的文法，我是不大明白的"同来的有之明，奇现在天津，暂时不来。"我照原句抄下的。你看看吧。）①

六元钱买了一套洋装（裾［裙］与上衣），毛线的。还买了草褥，五元。我的房间收拾得非常整齐，好像等待着客人的到来一样。草褥折起来当作沙发，还有一个小圆桌，桌上还站着一瓶红色的酒。酒瓶下面站着一对金酒杯。大概在一个地方住得久了一点，也总是开心些的，因为我感觉到我的心情好像开始要管到一些在我身外的装点，虽然房间里边挂起一张小画片来，不算什么，是平常的，但，那需要多么大的热情来做这一点小事呢？非亲身感到的是不知道。我刚来的时候，就是前半个月吧，我也没有这样的要求。

日语教得非常多，大概要通通记得住非整天的工夫不可，我是不肯，而且我的时（间）也不够用。总是好坐下来想想。

报上说是 L 来这里了？

我去洗澡去，不写了。

明。我在这里和你握手了。

吟

十月廿日（1936 年）

注释：

① 以上括弧内句子写上又抹掉了，再上面加上一句"此句我懂了"。大概起始没有看懂，后来又懂了，所以抹了。——萧军注

庐隐致李唯建的信①

庐隐

第 1 封

异云②：

　　我本是抱定决心在人间扮演，不论悲欢离合、甜酸苦辛的味儿，我都想尝，人说这世界太复杂了，然而我嫌它太单调，我愿用我全部生命的力去创造一个福音谐和的世界；我愿意我是为了这个愿望而牺牲的人，我愿意我永远是一出悲剧的主人；我愿我是一首又哀婉又绮丽的诗歌；总之，我不愿平凡！——纵使平凡能获得女王的花冠，我亦将弃之如遗。啊，异云，你不必替我找幸福，不用说幸福是不容易找到，即使找到我也不见得会收受。你要知道，有了绝大的不幸，才有冷鸥，冷鸥便是一切不幸的根蒂。唉，异云，我怨吗？我恨吗？

不，不，绝不，我早知道我的生是为呕心沥血而生的。我是点缀没有生气的世界而来的，因之荆棘越多，我的血越鲜红，我的智慧也越高深。

我怀疑做人——尤其怀疑做幸福的人：什么夫荣妻贵子孙满堂？他们的灵魂便被这一切的幸福遮蔽了，哪里有光芒？哪里有智慧？到世界上走一趟，结果没有懂得世界是什么样？自己是什么东西？呵，那不是太滑稽得可怜了吗？异云，我真不愿意是这一类的人！在我生活的前半段几乎已经陷到这种可悲的深渊里了，幸亏坎坷的命运将我救起，我现在既然已经认识我自己了，我又哪敢不把自己捉住，让他悄悄地溜了呢？

世俗上的人都以为我是为了坎坷的命运而悲叹而流泪，哪里晓得我仅仅是为了自己的孤独——灵魂的孤独而叹息而伤心呢？

可是人到底是太蠢了，为什么一定要求人了解呢？孤独岂不更隽永有味吗？我近来很觉悟此后或者能够做到不须人了解而处之泰然的地步，啊，异云，那时便是我得救的时候了。

我的心波太不平静，忽然高掀如钱塘潮水，有时平静如寒潭静流；所以我有时是迷醉的，有时是解脱的，这种变幻不定的心，要想在人间求寄托，不是太难了吗？——啊，我从此将如长空孤雁永不停驻于人间的橱上求栖止，人间自然可以遗弃我的，我呢，也应当学着遗弃人间。

异云，我有些狂了，我也不知说什么疯话，请原谅我吧！

昨天你对我说暑假后到广东去，很好！只要你觉得去于你是有兴趣的，你就去吧；我现在最羡慕人有奔波的勇气，我呢，说来可怜，便连这一点兴趣都没有！——我的心也许一天要跑十万八千里，然而我的身体是一块朽了的木头，不能挪动，一挪动，好像立刻要瓦解冰消，每天支持在车尘蹄迹之下奔驰，已经够受，哪里还受得起惊涛骇浪的折腾？哪里还过得起戴月披星的生活？啊，异云，我本是秋风里的一片落叶，太脆弱了！

异云，我写到这里，不期然把你昨天给我的信看了一遍，不知哪里来的一股酸味直冲上来，我的眼泪满了眼眶，——然而我咽下去那咸的涩的眼泪——我是咽下去了哟！

唉！这世界什么是值得惊奇的？什么是值得赞美的？我怀疑！——唉！

一切都是让我怀疑！

什么恋爱？什么友谊？都只是一个太虚渺的幻影！啊！

我曾经追寻过，也曾经想捉着过，然而现在，至少是此刻，我觉得我不需要这些！——往往我需要什么呢？我需要失却知觉，啊，你知道我的心是怎样紊乱呢？除了一瞑不视，我没有安排我自己的方法。

但是异云，请你不必为我悲伤。这种不可捉摸的心波，也许一两天又会平静，一样地酬应于大庭广众之中，欢歌狂吟，依然是浪漫的冷鸥。至于心伤，那又何必管它呢？或者还有人为了我的疯笑而嫉妒我的无忧无虑呢？啊，无穷的人生，如此而已，哓哓不休，又有什么意思？算了吧，就此打住。

第 2 封

心爱：

血与泪是我贡献给你的呵！唯建！你应看见我多伤的心又加上一个症结！自然我也知道这不是你的错，你对我的真诚我不该怀疑，然而呵，唯建，天给我的宿命是事事不如人，我不敢说我能得到意外的幸福，纵然这些幸福已由你亲手交给我过！唉，唯建！唯建！我是断头台下脱逃的俘虏呵，你原谅我已经破裂的胆和心吧！我再不能受世上的风波，况且你的心是我生命的发源地，你要我忘了你，除非你毁掉我的生命！唉，唯建！你知道当我想象到将来有一天，我从你那里受了最后的裁判时，我不能再苟延一天在这个世界上，我只有丢下一切走，我不能用我的眼睛再看别人是在你温柔的目光里，我也不能听别人是在甜美的声唤中！总之，我是爱你太深，我的生命可以失掉，而不能失掉你！我知道你现在是爱我的，并且你也预备永远爱我，然而我爱你太深，便疑你也深，有时在你觉得不经意的一件事，而放在我的身上成了绝对的紧张和压迫了。唯建，你明白地告诉我，我这样的痴情真诚的心灵中还容不得你吗？人生在世上所最可珍贵的，不是绝对地得到一个人无加的忠挚的心吗？唉，唯建！我的心痛楚，我的热血奔腾，我的身体寒战，我的精神昏沉；我觉得我是从山巅上陨落的石块，将要粉碎了！粉碎了呵！唯建！你是爱护这块石头的，你忍心看它粉碎吗？并且是由你掌握之下使它粉碎的呵！唉！多情多感的唯建！我知你必定尽全力来救护我的，望你今后少给我点苦吃，你瞧我狼狈得还成样子吗？现在我的心紧绞如一把乱麻，我的泪流湿了衣襟，有时也滴在信笺上。亲爱的唯建呵！这样可怜的心要吐的哀音正不知多少，但是我的头疼眼花手酸喉哽，我只有放下笔倒在床上，流我未尽的泪吧！

　　唉！唯建！你是绝顶的聪明人，你能知道我的心纵使沉默你也是能了然的。

你可怜的庐隐书于柔肠百转中

注释：

　　① 李唯建（1907—1981），诗人，翻译家。1928 年 3 月
　　　　与庐隐相识相恋，二人于 1930 年结为伉俪。

　　② 即李唯建。

徐志摩致陆小曼的信

徐志摩

第 1 封

小曼：

　　昨夜过满洲里，有冯定一招呼，他也认识你的。难关总算过了，但一路来还是小心翼翼地只怕"红先生"们打进门来麻烦，多谢天，到现在为止，一切平安顺利。今天下午三时到赤塔，也有朋友来招呼，这国际通车真不坏，我运气格外好，独自一间大屋子，舒服极了。我闭着眼想，假如我有一天与"她"度蜜月，就这西伯利亚也不坏；天冷算什么？心窝里热就够了！路上饮食可有些麻烦，昨夜到今天下午简直没东西吃，我这茶桶没有茶灌顶难过，昨夜真饿，翻箱子也翻不出吃的来，就只陈博生送我的那罐福建肉松伺候着我，但那干束束的，也没法子吃。想起倒有些怨你青果也不曾给我买几个；上床睡时没得睡衣换，又得怨你那几天出了神，一点也不中用了。但是我决不怪你，你知道，我随便这么说就是了。

　　同车有一个意大利人极有趣，很谈得上。他的胡子比你头发多得多，他吃烟的时候我老怕他着火，德国人有好几个，蠢的多，中国人有两个（学生），不相干。英美法人一个都没有。再过六天，就到莫斯科，我还想到彼得堡去玩哪！这回真可惜了，早知道西伯利亚这样容易走，我理清一个提包，把小曼装在里面带走不好吗？不说笑话，我走了以后你这几天的生活怎样的过法？我时刻都惦记着你，你赶快写信寄英国吧，要是我人到英国没有你的信，那我可真要怨了。你几时搬回家去，既然决定搬，早搬为是，房子收拾整齐些，好定心读书做事。这几天身体怎样？散拿吐瑾一定得不间断地吃，记着我的话！心跳还来否？什么细小事情都愿意你告诉我。能定心地写几篇小说，不管好坏，我一定有奖，你见着的是哪几个人，戏看否？早上什么时候起来，都得告诉我。我想给晨报写通信，老是提心不起，火车里写东西真不容易，家信也懒得写，可否恳你的情，常常为我转告我的客中情形，写信寄浙江硖石徐申如先生。说起我临行忘了一本《金冬心梅花册》，他的梅花真美，不信我画几朵你看。

摩

三月十四日（1925 年）

第 2 封

小曼:

　　W 的回电来后,又是四五天了,我早晚忧巴巴地只是盼着信,偏偏信影子都不见,难道你从四月十三写信以后,就没有力量提笔? W 的信是二十三,正是你进协和的第二天,他说等"明天"医生报告病情,再给我写信,只要他或你自己上月寄出信,此时也该到了,真闷煞人!

　　回电当然是个安慰,否则我这几天哪有安静日子过?电文只说"一切平安",至少你没有危险了是可以断定的,但你的病情究竟怎样?进院后医治见效否?此时已否出院?已能照常行动否?我都急得要知道,但急偏不得知道,这多别扭!

　　小曼:这回苦了你,我想你病中一定格外地想念我,你哭了没有?我想一定有的,因为我在这里只要上床一时睡不着,就叫曼,曼不答应我,就有些心酸,何况你在病中呢?早知你有这场病,我就不应离京,我老是怕你病倒,但是总希望你可以逃过,谁知你还是一样吃苦,为什么你不等着我在你身边的时候生病？

　　这话问得没理，我知道我也不一定会得侍候病人，但是我真想倘如有机会伴着你养病，就是乐趣。你枕头歪了，我可以替你理正，你要水喝，我可以拿给你，你不厌烦我念书给你听，你睡着了我轻轻地掩上了门，有人送花来我给你装进瓶子去；现在我没福享受这种想象中的逸趣，将来或许我病倒了，你来伴我也是一样的。你此番病中有谁侍候着你？娘总常常在你身边，但她也得管家，朋友中大约有些人是常来的，你病中感念一定很多，但不想也就忘了。

　　近来不说功课，不说日记，连信都没有，可见你病得真乏了。你最后倚病勉强写的那两封信，字迹潦草，看出你腕劲一些也没有，真可怜，曼呀，我那时真着急，简直怕你死，你可不能死，你答应为我活着。你现在又多了一个仇敌——病，那也得你用意志力量来奋斗的，你究竟年轻，你的伤损容易养得过来的，千万不要过于伤感。病中面色是总不好看的，那也没法，你就少照镜子，等精神回来的时候，再自己看自己也不迟。你现在虽则瘦，还是可以回复你的丰腴的，只要你生活根本地改样。我月初连着寄的长信，应该连续地到了，但你的回信不知要到什么时候才来？想着真急。据有人说娘疑心我的信激成你的病的，所以常在那里查问我；我的信不会丢漏的么？我盼望寄你的信只有你看见再没有第二人看，不是看不得，是不愿意叫人家随便讲闲话，是真的。但你这回可真得坚决了，我上封信要你跟 W 来欧，你仔细想过没有？这是你一生的一个大关键。俗语说的快刀斩乱丝，再痛快不过的。我不愿意你再有踌躇，上帝帮助能自助的人，只要你站起来就有人在你前面领路。W 真是"解人"，要不是他，岂不是我你在两地着急，叫天天不应的多苦；现在有他做你的红娘，你也够放心，我真盼望你们俩一同到欧洲来，我一定请你们喝香槟接风，有好消息时，最好打电报来就可以。B在瑞士，月初或到斐伦翠①来，我们许同游欧洲再报告你。盼望你早已健全，我永远在你的身边，我的曼。

摩

五月二十六日（1925年）

第 3 封

我唯一的爱龙，你真得救我了！我这几天的日子也不知怎样过的，一半是痴子，一半是疯子，整天昏昏的，惘惘的，只想着我爱你，你知道吗？早上梦醒来，套上眼镜，衣服也不换就到楼下去看信——照例是失望，那就好比几百斤的石子压上了心去，一阵子悲痛，赶快回头躲进了被窝，抱住了枕头叫着我爱的名字，心头火热的浑身冰冷的，眼泪就冒了出来，这一天的希冀又没了。说不出的难受，恨不得睡着从此不醒，做梦倒可以自由些。龙呀，你好吗？为什么我这心惊肉跳的一息也忘不了你，总觉得有什么事不曾做妥当或是你那里有什么事似的。龙呀，我想死你了，你再不救我，谁来救我？为什么你信寄得这样稀？笔这样懒？我知道你在家忙不过来，家里人烦着你，朋友们烦着你，等得清静的时候你自己也倦了；但是你要知道你那里日子过得容易，我这孤鬼在这里，把一个心悬在那里收不回来，平均一个月盼不到一封信，你说能不能怪我抱怨？龙呀，时候到了，这是我们，你与我，自己顾全自己的时候，再没有工夫去敷衍人了。现在时候到了，你我应当再也不怕得罪人——哼，别说得罪人，到必要时天地都得捣烂他哪！

龙呀，你好吗？为什么我这心里老是怔怔的？我想你亲自给我一个电报，也不曾想着——我倒知道你又做了好几身时式的裙子！你不能忘我，爱，你忘了我，我的天地都昏黑了，你一定骂我不该这样说话，我也知道，但你得原谅我，因为我其实是急慌了。（昨晚写的墨水干了所以停的。）

走后我简直是"行尸走肉"，有时到赛因河②边去看水，有时到清凉的墓园里默想。这里的中国人，除了老 K 都不是我的朋友，偏偏老 K 整天做工，夜里又得早睡，因此也不易见着他。昨晚去听了一个 Opera 叫 *Tristan et Isolde* ③。音乐，唱都好，我听着浑身只发冷劲，第三幕 Tristan 快死的时候，Iso 从海湾里转出来拼了命来找她的情人，穿一身浅蓝带长袖的罗衫——我只当是我自己的小龙，赶着我不曾脱气的时候，来搂抱我的躯壳与灵魂——那一阵子寒冰刺骨似的冷，我真的变了戏里的 Tristan 了！

那本戏是最出名的"情死"剧（Love-Death），Tristan 与 Isolde 因为不能在这世界上实现爱，他们就死，到死里去实现更绝对的爱，伟大极了，猖狂极了，真是"惊天动地"的概念，"惊心动魄"的音乐。龙，下回你来，我一定伴你专看这戏，现在先寄给你本子，不长，你可以先看一遍。你看懂这戏的意义，你就懂得恋爱最高，最超脱，最神圣的境界；几时我再与你细谈。

龙儿，你究竟认真看了我的信没有？为什么回信还不来？

你要是懂得我，信我，那你决不能再让你自己多过一半天糊涂的日子；我并不敢逼迫你做这样，做那样，但如果你我间的恋情是真的，那它一定有力量，有力量打破一切的阻碍，即使得渡过死的海，你我的灵魂也得结合在一起——爱给我们勇，能勇就是成功，要大抛弃才有大收成，大牺牲的决心是进爱境唯一的通道。我们有时候不能因循，不能躲懒，不能姑息，不能纵容"妇人之仁"。现在时候到了，龙呀，我如果往虎穴里走（为你），你能不跟着来吗？

我心思杂乱极了，笔头上也说不清，反正你懂就好了，话本来是多余的。

你决定的日子就是我们理想成功的日子——我等着你的信号，你给 W 看了我给你的信没有？我想从后为是，尤是这最后的几封信，我们当然不能少他的帮忙，但也得谨慎，他们的态度你何不讲给我听听。

照我的预算在三个月内（至多）你应该与我一起在巴黎！

你的心他

六月廿五日（1925 年）

第 4 封

居然被我急出了你的一封信来，我最甜的龙儿！再要不来，我的心跳病也快成功了！让我先来数一数你的信：（1）四月十九，你发病那天一张附着随后来的；（2）五月五号（邮章）；（3）五月十九至二十一（今天才到，你又忘了西伯利亚）；（4）五月二十五英文的。

我发的信只恨我没有计数，论封数比你来的多好几倍。在翡冷翠四月上半月至少有十封多是寄中街的；以后，适之来信以后，就由他邮局住址转信，到如今全是的。到巴黎后，至少已寄五六封，盼望都按期寄到。

昨天才寄信的，但今天一看了你的来信，胸中又涌起了一海的思感，一时哪说得清。第一，我怨我上几封信不该怨你少写信，说的话难免有些怨气，我知道你不会怪我的。但我一想起我的曼已是满身的病，满心的病，我这不尽责的□□□，溜在海外，不分你的病，不分你的痛，倒反来怨你笔懒。——咳，我这一想起你，我唯一的宝贝，我满身的骨肉就全化成了水一般的柔情，向着你那里流去。我真恨不得剖开我的胸膛，把我爱放在我心头热血最暖处窝着，再不让你遭受些微风霜的侵暴，再不让你受些微尘埃的沾染。曼呀，我抱着你，亲着你，你觉得吗？

我在翡冷翠知道你病，我急得什么似的，幸亏适之来了回电，才稍为放心了些。但你的病情的底细，直到今天看了你五月十九至二十一日的信才知道清楚。真苦了你，我的乖！真苦了你。但是你放心，我这次虽然不曾尽我的心，因为不在你的身旁，眼看那特权叫旁人享受了去；但是你放心，我爱！我将来有法子补我缺憾。你与我生命合成了一体以后，日子还长着哩，你可以相信我一定充分酬报你的。不得你信我急，看你信又不由我不心痛。可怜你心跳着，手抖着，眼泪咽着，还得给我写信；哪一个字里，哪一句里，我不看出我曼曼的影子。你的爱，隔着万里路的灵犀一点，简直是我的命水，全世界所有的宝贝买不到这一点子不朽的精诚。——我今天要是死了，我是要把你爱我的爱带了坟里去，做鬼也以自傲了！你用不着再来叮嘱，我信你完全的爱，我信你比如我信我的父母，信我自己，信天上的太阳；岂止，你早已成我灵魂的一部，我的影子里有你的影子，我的声音里有你的声音，我的心里有你的心；鱼不能没有水，人不能没有氧；我不能没有你的爱。

曼，你连着要我回去。你知道我不在你的身旁，我简直是如坐针毡，哪有什么乐趣？你知道我一天要咬几回牙，顿几回脚，恨不踹破了地皮！滚入了你的怀抱；但我还不走，有我踌躇的理由。

曼，我上几封信已经说得很亲切，现在不妨再说个明白。你来信最使我难受的是你多少不免绝望的口气。你身在那鬼世界的中心，也难怪你偶尔的气馁。我也不妨告诉你，这时候我想起你还是与他同住，同床共枕，我这心痛，心血都迸了出来似的！

曼，这在无形中是一把杀我的刀，你忍心吗？你说老太太的"面子"。咳！老太太的面子——我不知道要杀灭多少性灵，流多少的人血，为要保全她的面子！不，不；我不能再忍。曼，你得替我——你的爱，与你自己，我的爱，——想一想哪！不，不；这是什么时代，我们再不能让社会拿我们血肉去祭迷信！Oh！come，Love！Assert your passion，let our love conquer；we can't suffer any longer such degradation and humiliation.① 退步让步，也得有个止境；来！我的爱，我们手里有刀，斩断了这把乱丝才说话。——要不然，我们怎对得起给我们灵魂的上帝！是的，曼，我已经决定了，跳入油锅，上火焰山，我也得把我爱你洁净的灵魂与洁净的身子拉出来。我不敢说，我有力量救你，救你就是救我自己，力量是在爱里；再不容迟疑，爱，动手吧！我在这几天内决定我的行期，我本想等你来电后再走，现在看事情迫不及待，我许就来了。但同时我们得谨慎，万分的谨慎，我们再不能替鬼脸的社会造笑话，有勇还得有智，我的计划已经有了。

一九二五年六月二十六日自巴黎

第 5 封

小龙我爱：

真烦死人。至少还得一星期才能成行。明早有船到，满望幼仪来，见过就算完事一宗，转身就走。谁知她乘的是新丰船，十六日方能到此，她到后至少得费我两三天才能了事。故预期本月二十前才能走，至少得十天后才能见你，怎不闷死了我？同时你那里天天盼着我，又不来信，我独自在此连信札的安慰都得不到，真太苦了！你也不算算，怎的年内写了两封就不再写，就算寄不到，打往回，又有什么要紧。你摩摩在这里急。你知道不？明天我想给你一个电报，叫你立刻写信或是来电，多少也给我点安慰。眉眉，这日子没有你，比白过都不如。怎么我都不要，就要你。我几次想丢了这里。某妻运虽则不好，但我此后艳福是天生的。我的太太不仅绝美，而且绝慧，说得活现，竟像对准了我只美又慧的小眉娘说的。你说多怪！又说：就我有以〔？〕⑤白头到老，十分的美满，没有缺陷，也不会出乱子。我听了，不能不谢谢金口！眉眉，真的，我妈说的对，她说我太享福了！眉，我有福消受你吗？

近来《晨报》不知道怎样，你看不看？江绍原盼望我有东西往回寄，但我如何有心思写？不但现在，就算这回事情办妥当了，回北京见了你，我哪还舍得一刻丢开你。能否提起心来写文章与否，很是问题，这怎好？而且这来，无谓地挨了至少一星期十天工夫。回京时编辑教书的任务，又逼着来，想起真烦。我真恨不得一把拖了你往山里一躲，什么人事都不问，单只你我俩细细地消受蜜甜的时刻！娘又该骂我了，明天再写。

摩问眉好

一九二六年二月二十四日自上海

注释：

① 现译为"佛罗伦萨"，是意大利中部的一个城市，托斯卡纳区首府，位于亚平宁山脉中段西麓盆地中。十五至十六世纪时佛罗伦萨是欧洲最著名的艺术中心，以美术工艺品和纺织品驰名全欧。

② 即塞纳河。

③ 即歌剧《特里斯丹和伊索德》。

④ 这段英文大意为，"啊，来吧！爱！坚持你的激情，让我们的爱情获胜；我们总不能长久受委屈，蒙羞辱。"

⑤ 此处不明。

朱生豪致宋清如的信

朱生豪

第 1 封

宋：

才板着脸孔带着冲动写给你一封信，读了轻松的来书，又使我的心弛放了下来。叫他们拿给你看的那信已经看到？有些可笑吧，还是生气？实在是，近来心里很受到些气闷，比如说有人以为我不应该爱你之类。而两个多月来的离群索居的生活，使我脱离了一向沉迷着的感伤的情绪的氛围，有着静味一切的机会，也确使我对过去的梦发生厌弃，而有努力做人的意思。

我真希望你是个男孩子，就这一年匆匆的相聚，彼此也真太拘束得苦。其实别说你是那么干净那么真纯，就是一些人的冷眼，也会把我更有力地拉近了你的。我没有和平常人那样只闹一回恋情的把戏，过后便撒手了的意思。我只希望把你当作自己弟弟一样亲爱，论年岁我不比你大什么，忧患比你经得多，人生的经验则不见比你丰富什么，但就自己所有的学问，几年来冷静地观察与思索，以及早入世诸点上，也许确能做一个对你有一点益处的朋友，不只是一个温柔的好男子而已。

对于你，我希望你能锻炼自己，成为一个坚强的人，不要甘心做一个女人（你不会甘心于平凡，这是我相信的），总得从重重的桎梏里把自己的心灵解放出来，时时有毁灭破旧的一切的勇气（如其有一天你觉得我对于你已太无用处，尽可以一脚踢开我，我不会怨你半分），耐得了苦，受得住人家的讥笑与轻蔑，不要有什么小姐式的感伤，只时时向未来睁开你的慧眼，也不用担心什么恐惧什么，努力使自己身体感情各方面都坚强起来，我将永远是你的可以信托的好朋友，信得过我吗？

也许真会有那么海阔天空的一天，我们大家都梦想着的一天！我们不都是自由的渴慕者吗？

现在的你，确实是太使我欢喜的，你是我心里顶溺爱的人。但如其有那么一天我看见你，脸孔那么黑黑的，头发那么短短的，臂膀不像现在那么瘦小得不盈一握，而是坚实而有力的，走起路来，胸膛挺挺的，眼睛明明地发光，说话也沉着了，一个纯粹自由国土里的国民（你相信我不会爱一个"古典美人"？虽然我从前曾把林黛玉作为我的理想过），那时我真要抱着你快活得流泪了。也许那时我到底是一个弱者，那时我一定不敢见你，但我会躲在路旁看着你，而心里想，从前我曾爱过这个人……这安慰也尽可以带着我到坟墓里去而安心了。这样的梦想，也许是太美丽了，但你能接受我的意思吗？

为了你，我也有走向光明的热望，世界不会于我太寂寞。

来信与诗，都使我快活。每回你信来，往往怀着感激的心情，不只是欢喜而已。诗以较高的标准批评起来，当然不算顶好，以你的旧诗的学力而言，是很可以满意的了。第一首"嫣嫣"两字平仄略不顺，不大要紧，第二句固是好句子，但蹈袭我的句子太甚，把"犹袭"二字改为"空扑"吧。三四句平顺无疵。总观四句，略欠呼应，"天上人间"句略嫩，听之，此诗改为：

霞落遥山黯淡烟，残香空扑采莲船，

晚凉新月人归去，天上人间未许圆。

（两个"人"字重复，因此读上去觉不顺口。倘把"人归去"的"人"改为"郎"字，却是一首轻倩的民歌。也许你会嫌太佻，但末句本不庄，故前面的"人"字不能改"君"字。）"新月"

映带"未许圆",使"天上"两字不落空。

第二首全体妥。"糜"字用得新,也许你用时是无意的?

第三首第二句"微波""漪涟"重复,"漪"字平仄不叶;第四句"万般往事"俗,改为"年年心事"即佳。全首改为:

无端明月又重圆,波面流晶漾细涟。

如此溪山浑若梦,年年心事逐轻烟。

三首诗情调轻灵得很,虽然还少新意。不愧是我的高足,我该自傲不是?

前次绝句二十首之后,又做了十一首,没有给你看。前几首较好:

春水桥头细柳魂,绿芜园内鹧鸪痕,

蜀葵花落黄蜂静,燕子楼深白日昏。

倚剑朗吟觚字栏,晚禽红树女萝残,

何当跃马横戈去,易水萧萧芦荻寒。

半臂晕红侧笑嫣,绿漪时掀采莲船,

莲魂侬魂花侬色,蛙唱满湖莲叶圆。

迟雪冲寒鹤羽毵，偶尔解渴落茅庵，

红梅白梅相对冷，小尼洗砚蹲寒潭。

略有宋诗调子，第三、四两首都故作拗句。又第九首：

秋花销瘦春花肥，一样风烟雨露霏，

萧郎吟断数根须，懊恼花前白袷衣。

第十一首：

燕子轻狂蝴蝶憨，满园花舞一天蓝，

仙人年幼翅如玉，笑澈银铃酡脸酣。

则是我诗里特有的童话似的情调。

天凉气静，愿安心读书，好好保重。

朱朱

廿三夜（1933 年）

秋兴杂诗七首，本没有给人看的意思，但张荃既有信给我，也不妨抄下来并给伊一读，我没有另外给伊写信的心向。

第 2 封

　　时间过得却快，现在三点半钟了。好友，我对你只有感激的宽慰和祝福的诚挚。几天的期望，换得一整天相聚的愉快，虽而今遗留给我的只是无穷的怅惘，我已十分满足。我不欲再留恋于此，已定坐七点十五分快车一个人悄悄地离校。我知道这次我不该来，在外边轻易引不起任何的伤感，一到此便轻轻拨起了无可如何的恋旧之思。这是我自寻烦恼，你不用为我不安（老鼠爬到身上来）。这环境于我不适，我宁愿回到嚣尘的沪上。望就给信我（老鼠爬到头上）。

　　我不能眷怀已往的陈骸，只寄希望于将来，总有一天，生活会对于我不复是难堪的 drudgery①。我十分弱，但我有求强的意志，寂寞常是啮着我，唯你能给我感奋。永远不能忘记你！

　　不多写，你会明白我，放假后过泸时，我从今天起再开始渴念着见你一次。现在我走了，我握你的手。

朱

二日晨四时（1933 年 11 月）

第 3 封

清如：

　　我知道你不爱见我，但不曾想到你要逃避我，我只是你一个平常的朋友，没有要使你不安或怅惘的理由。见一见你，我认为或者是尚可容许的我的仅余的权利，当然我也辨不出是悲是喜，但我总不能抑制着不来看你，即使自己也知道是多事。倘使我的必须是被剥夺去一切人生的乐趣，永远流放在沙漠中的命运，必须永远不再看见一面亲爱的人，那么我等候你的吩咐，我希望那不会使你感到不安。

　　我不要休息，也不能休息。有钱的人，休息的意义是享福，可以把身体养得胖些；对于我们这种准无产阶级者，休息的意义是受难，也许是挨饿。我相信我更需要的是一点鼓舞，一点给人勇气的希望。我太缺少一切少年人应该有的热情。

　　在你母亲的身旁，不要想到我，我不要损害你神圣的快乐。为你祝福。

朱

十九（1934 年 1 月）

第 4 封

清如：

　　气好了吧？即使不是向我生气我也很怕。什么委屈大概你不肯向我说，虽我很愿知道。我心里很苦，很抑郁，很气而不知要气谁，很委屈而不知委屈从何而来。很寂寞，生活的孤独并非寂寞，而灵魂的孤独无助才是寂寞。我很懂得，寂寞之来，有时会因与最好的朋友相对而加甚。实际人与他朋友之间，即使最知己的，也隔有甚遥的途程，最多只能如日月之相望，而要走到月亮里去总不可能，因为在稀薄的大气之外，还隔着一层真空。所以一切的友谊都是徒劳的，至多只能与人由感觉所生的相当的安慰，但这安慰远非实际的，所谓爱尽是对影子的追求，而根本并无此物。人间的荒漠是具有必然性的，只有苦于感情的人才不能不持憧憬而生存。

　　愿你快乐，虽我的祝福也许是无力而无用的。

汝友

第 5 封

好人：

　　你简直是残忍，一天难捱过似一天，今天我卜过仍不会有你的信来。我渴想拥抱你，对你说一千句温柔的蠢话，然这样的话只能在纸上我才能好意思写写，即使在想象中我见了你也将羞愧而低头，你是如此可爱而残忍。

　　我决定这封信以情书开头，因此就有如上的话，但这写法于我不大合适，虽则我是真的爱你，如同我应该爱你一样。

　　如果到三十岁我还是这样没出息，我真非自杀不可。所谓有出息不是指赚三百块钱一月，有地位有名声这些，常常听到人赞叹地或感慨地说，"什么人什么人现在很得法了"，我就不肚热那种得法，我只要能自己觉得并不无聊就够了。像现在的样子，真令人丧气。

　　读书时代自己还有点自信和骄矜，而今这些都没有了，自己讨厌自己的平凡卑俗，正和讨厌别人的平凡卑俗一样，趣味也变低级了，感觉也变滞钝了。从前可以凭着半生不熟的英文读最艰涩的 Browning ②的长诗，而得到无限的感奋，现在见了诗便头痛，反之有时看到了那些又傻又蠢气的电影，倒要流流眼泪，那时我便要骂我自己："你看看你这个无聊的家伙，有什么好使你感动的呢，那些无灵魂的机械式的表演？"真的我并不曾感动，然而我却感动了。一个人可以和妻子离婚，但永远不能和自己脱离关系，我是多么讨厌和这个无聊的东西天天住在一个躯壳里！如果我想逃到你的身边，他仍然紧跟着我，因此我甚至不敢来看你，因为不愿带着他来看你。我多么想回到我们在一处作诗（不管是多么幼稚）的"古时候"，我一生中只有那一年是真的快乐，真的满足，满足自己也满足世界，除了太过渺茫了的我的童年，那还是太古以前的事，几乎是不复能记忆了。

你知道火炉会使人脸孔变惨白，但你不知道人即使在火炉旁也会冻死的，如果有人不理他。杭州已下雪了，这里只有雨，那种把人灵魂沾满了泥泞的雨。冬天唯一的好处是没有臭虫，夜里可以做梦，虽然我的梦也生了锈了。

寄与你一切的思慕。

朱儿

第 6 封

你们称呼第三身"他"为 gay，很使我感到兴味，大约是"佢、渠"③之转。

我所以拙于说话的原因，第一是因为本来懒说话，觉得什么话都没有意思，别人都那样说我可不高兴说。第二是因为脑中的话只有些文句，说出来时要把它们翻成口语就费许多周章，有时简直不可能。第三我并不缺少 sence of humor④，也许比别人要丰富得多，但缺少 ready wit⑤，人家给我讲某事的时候，有时猝然不知所答，只能应着唯唯，等到想出话来说时，已经用不着说了，就是关于常识方面的也是如此。陆先生曾问起我最近从飞机坠下来跌死的滑稽电影明星 Will Rogers⑥的作风如何，到过上海有什么片子，一下子我只能说他善于描述人情世故，以乡曲似的形式出现在银幕上，作品一时记不起名字来，我还不曾看过他的片子。等到想要补充着说他是美国电影中别树一派的幽默家，富于冷隽的趣味，为美国人最爱戴的影星之一，但在中国却颇受冷落。他的作品较近而成功的有 *Handy Andy*（《汉迪·安迪》），*Judge Priest*（《普里斯特法官》）等等，凡我的

"渊博"的头脑中所有关于这位我并未与之谋面的影星的知识时，这场谈话早已结束了。——此外，我纵声唱歌时声音很高亮，但说话时却低沉得甚至于听不大清楚。姑母说我讲起话来蚊子叫，可是一唱起歌来这股劲儿又不知从哪里来的。我读英文也能读得很漂亮，但说绝对不行。大概在说话技术方面太少训练。每年中估计起来成天不说话的约有一百天，每天说不上十句话的约有二百天。说话最多的日子，大概不超过三十句。

虽然再想不出什么话来，可是提着笔仍旧恋恋着不肯放下来，休息吧，笔！快一点钟了。此刻你正在梦中吧，知道不知道，或者想得起想不起我在写着？你那里雨下得大不大？如果天凉了，仔细受寒。快两点钟哩，你睡得好好儿的吗？我可简直地不想睡。昨夜我从两点钟醒来后，安安静静地想着你，一直到天发亮，今天又是汽车中颠了三个钟点，然而此刻兴奋得毫不感到疲乏，也许我的瘦是由于我过度的兴奋所致，我简直不能把自己的精神松懈片刻，心里不是想这样就是想那样，永远不得安闲，一闲下来便是寂寞得要命，逢到星期日没事做，遂我的心意，非得连看三场电影不可。因此叫我在茶馆里对着一壶茶坐上十五分钟，简直是痛苦。喝茶宁可喝咖啡，茶那样带着苦意的味道，一定要东方文明论者才能鉴赏，要我细细地品，完全品不出什么来，也许觉得白开水倒好吃些。我有好多地方真完全不是中国人，我所嗜好的也全是外国的东西，于今已有一年多不磨墨了，在思想上和传统的中国思想完全相反，因为受英国文学的浸润较多，趣味上是比较英国式的。至于国粹的东西无论是京戏胡琴国画国术等一律厌弃，虽然有一时曾翻过线装书（那也只限于诗赋之类），但于今绝对不要看这些，非孔孟，厌汉字，真有愿意把中国文化摧枯拉朽地完全推翻的倾向。在艺术方面，音乐戏剧的幼稚不用说，看中国画宁可看西洋画有趣味得多。至于拓几笔墨作兰花竹叶自命神韵的，真欲嗤之以鼻，写字可以与绘画同成为姊妹艺术，我尤其莫名其妙。这些思想或者有些太偏激，但目睹今日之复古运动与开倒车，不能对于这被诩为五千年的古文化表示反对。让外国人去赞美中国文化，这是不错的，因为中国文化有时确还可以补救他们之敝，但以中国人而嫌这种已腐化了的中国文化还不够普及而需待提倡，就有些夜郎自大得丧心病狂了。我想不说下去了，已经又讲到文化的大问题，而这些话也还是我的老生常谈，卑之无甚高论。你妈来了没有，妈来了你可以要她疼疼了，可是我两点半还不睡，谁来疼我呢！

（1935 年 8 月）

第 7 封

宋：

以后我接到你信后第一件事便是改正你的错字，要是你做起先生来老是写别字可很有些那个。

可是我想了半天，才想出"颠顸"两个字，你是写作"瞒肝"的。

你有些话我永远不会同意，有时是因为太看重了你自己的 ego⑦ 的缘故。例如你自以为凶（我觉得许多人说你凶不过是逗逗你，他们不会真的慑伏于你的威势之下的），其实我永远不相信会有人怕你（除了我，因为我是世上最胆怯的人）。

随你平凡不平凡，庸劣不庸劣，颠顸不颠顸，我都不管，至少你并不讨厌，至少在我的眼中。你知道你并不真的希望我不要把"她"放在心上。

关于你说你对我有着相当的好感，我不想 grudge⑧，因为如果"绝对"等于一百，那么一至九十九都可说是"相当"。也许我尽可以想象你对于我有九十九点九九的好感。我觉得我们的友谊并不淡淡，但也不浓得化不开，正是恰到好处，合于你的"中庸之道"。你的自以为无情是由于把"情"的界说得过高的缘故，所以恰恰等于我的所谓多情。要是我失望，当然我不会满足，然而我满足，因此我不失望。至于说要我用火红的钳子炙你的心，使你燃烧起来，那是一个刽子手的事（如果有这样残酷的刽子手，我一定要和他拼命），我怎么能下这毒手呢？再说"然烧"的"然"虽是古文，在白话文里还是用"燃"的好。

"妒"是一种原始的感情，在近代文明世界中有渐渐没落的倾向。它是存在于天性中的，但修养、人生经验、内省与丰富的幽默感，可以逐渐把它根除。吃醋的人大多是最不幽默、不懂幽默的人，包括男子与女子。自来所谓女子较男子善妒是因为社会和历史背景所造成，因为接触的世界较狭小，心理也自然会变得较狭小。因此这完全不是男或女的问题。值得称为"摩登"的姑娘们，当然要比前一世纪闺阁的小姐们懂事得多，但真懂事的人，无论男女至今都还是绝对的少数，因而吃醋的现象仍然是多的。至于诗人大抵是一种野蛮人，因此妒心也格外强烈一些，如果徐志摩是女子，他也会说 nothing or all [9]，你把他这句话当作男子方面的例证，是不十分可使人心服的，根本在徐志摩以前就有好多女子说过这句话了。我希望你论事不要把男女的壁垒立得太森严，因为人类用男女方法分类根本不是很妥当的。

关于"爱和妒是分不开的"一句话，我的意见是——所谓爱就程度上分可以归为三种：

1. primeval love，or animal love，or love of passion，or poetic love[⑩]；

2. sophisticated loveg，or "modern" love[⑪]；

3. intellectual love，or philosophical love[⑫]；

此外还有一种并不存在的爱，即 spiritual love，or "platonic" love，or love of the religious kind[⑬]，那实在是第一种爱的假面具，可以用心理方法攻破的。

妒和第一种爱是成正比例的，爱愈甚则妒愈深，但这种爱与妒能稍加节制，不使流于病态，便成为人间正常的男与女之间的恋爱，完全无可非议。

第一种和第三种爱是对立的，但第二种爱则是一种矛盾的错综的现象，在基础上极不稳固，它往往非常富于矫揉造作的意味，表面上装出"懂事"的样子而内心的弱点未能克服，同时缺乏第一种爱的真诚与强烈。此类爱和妒的关系是：

表面上无妒，内心则不能断定。

　　第三种的爱是高级的爱，它和一般所谓精神恋爱不同，因为精神恋爱并不超越 sex^⑬ 的界限以上，和一个人于现实生活中不能获得满足而借梦想以自慰一样，精神恋爱并不较肉体恋爱更纯洁。但这种"哲学的爱"是情绪经过理智洗练后的结果，它无疑是冷静而非热烈的，它是 non-sexual^⑭ 的，妒在它里面根本不能获得地位。

　　胡言乱语而已。

　　我待你好。

注释：

　　① 苦役。

　　② 罗伯特·勃朗宁（1812—1889），英国诗人，剧作家，主要作品有《戏剧抒情诗》《环与书》和诗剧《巴拉塞尔士》。

　　③ "佢、渠"均为方言，意为他。

　　④ 幽默感。

　　⑤ 机智。

　　⑥ 威尔·罗杰斯（Will Rogers，1879-1935），美国幽

默作家。威尔·罗杰斯在 20 世纪二三十年代由于其朴素的哲学思想和揭露政治的黑暗而广受美国人民爱戴。他也是有名的电影演员，联合报纸专栏作家和电台评论员。

⑦ 自我。

⑧ 怨恨。

⑨ 孤注一掷。

⑩ 原始的爱，或者动物的爱，或者激情的爱，或者诗意的爱。

⑪ 复杂的爱，或者"现代的"爱。

⑫ 理智的爱，或者哲学的爱。

⑬ 精神的爱，或者"柏拉图"式的恋爱，或者宗教类的爱。

⑭ 性。

⑮ 非性。

蒋光慈致宋若瑜的信

蒋光慈

瑜妹如握：

　　读八月十日由开封寄来之快信,悲喜交集;吾妹为爱我故,而备受许多之谣言与痛苦,实令我深感不安！吾妹虽备受许多之谣言与痛苦,而仍不减对我之爱情,斯诚令我愉快已极,而感激无尽也。

　　北京会晤,畅叙数年相思之情怀,更固结精神之爱恋,诚为此生中之快事。孰知风波易起,谣言纷出,至吾妹感受无名之痛苦,扪心自问,我实负其咎,斯时我身在塞北,恨不能即生双翼至吾妹前,请吾妹恕宥我之罪过,而我给吾妹以精神上之安慰。

　　唯我对吾妹有不能已于言者：社会黑暗,习俗害人,到处均是风波,无地不有荆棘,吾侪若无反抗之大胆及直挠不屈之精神，则将不能行动一步，只随流逐浪为被征服者可矣。数千年男女之习惯及观念，野蛮无理已极，言之令人可笑而可恨。中国人本非无爱情者，唯爱情多半为礼教所侵蚀，致礼教为爱情之霸主。

噫！牺牲多矣！今者，吾侪既明爱情之真义，觑破礼教之无人性，则宜行所欲为，不必再顾忌一般之习俗。若一方顾忌习俗，一方又讲恋爱，则精神苦矣。父母固爱子女者，然礼教之威权能使父母牺牲其自身子女而不顾，戕杀其子女而不惜；子女若欲做礼教之驯徒，则只有牺牲爱情之一途。吾妹若真健者，请千万勿为一般无稽谣言及父母指责所痛苦，置之不问可耳。我深不忍吾妹因我而受苦痛！吾妹若爱我，则斩钉截铁爱我可耳，遑问其他。若真因我而受苦痛，而不能脱去此苦痛，则请吾妹将我……

吾妹之受痛苦皆为我故，斯诚为我最伤心之事！我将何以安慰吾妹耶？

近来每一想及我俩身事，辄唏嘘而不知所措。我本一漂泊诗人，久置家庭于不顾；然吾妹奈何？人生有何趣味？恋爱亦有人从中干涉，所谓个人自由，所谓人权云乎哉？噫！今之社会，今之人类！

吾妹！我永远不甘屈服于环境！我将永远为一反抗，为一赞颂革命之诗人！

珍重！珍重！

侠哥

八月十三日（1925 年）晚十时

郁达夫致王映霞的信

郁达夫

第 1 封

映霞：

　　我真快要死了，一离开你，就觉得如同失去了脑袋似的，神志总是不清。今朝从孙家出来，因为你离不开孙太太的原因，我的失望，达到了极点。不得已只好跑上周家去坐着，因为孙家寓楼上的空气，实在压迫得厉害，我坐在那里，胸中就莫名其妙地会感到一种不自由。周氏夫妇要我和他们去算命，我就跟他们去。瞎子先生说了许多吉利的话，果然他算出了我现在正在计划的事情。有许许多多的话，我很想告诉你知道，可是午后跑上孙家去，又遇见了那位不相识的银行员。并且在孙氏夫妇的面前，我总觉得有话说不出来。映霞，这一封信，不晓得你能不能够接到？不晓得你什么时候能够回到坤范女学去。我想约你于礼拜五（阳历三月四日，阴历二月初一）午后两点整，在大马路先施公司的门前（候电车的那一扇门前）相会。

　　大约我总于两点前几分钟去等着，你一来，定能看见，不管天雨天晴，我是一定去的。这一封信于今晚上投邮，明朝是三月二日，大约明朝午后，你总可接到，若来得及，请你于接到这信后写一封短短的复书，我仍旧住在闸北宝山路三德里 A 十一号创造社出版部内，你有信请寄到此地来，一定能够接到，可以不必寄往周家去。

　　我对你的这第一次的请求，请你不要拒绝，并且你出来的时候，请你对你的同学说一声，说晚饭不回来吃的。

达夫　上

三月一日（1927 年）晚上

第 2 封

映霞：

　　这一封信，希望你保存着，可以作为我们两人这一次交游的纪念。

　　两月以来，我把什么都忘掉。为了你我情愿把家庭、名誉、地位，甚而至于生命，也可以丢弃，我的爱你，总算是切而且挚了。我几次对你说，我从没有这样地爱过人，我的爱是无条件的，是可以牺牲一切的，是如猛火电光，非烧尽社会，烧尽己身不可的。内心既感到了这样热烈的爱，你试想想看外面可不可以和你同路人一样，长不相见的？因此我几次地要求你，要求你不要疑我的卑污，不要远避开我，不要于见我的时候要拉一个第三者在内。

　　好容易你答应了我一次，前礼拜日，总算和你谈了半天。第二天一早起来，我又觉得非见你不可，所以又匆匆地跑上尚贤坊去。谁知事不凑巧，却遇到了孙夫人的骤病，和一位不相识的生客的到来，所以那一天我终于很懊恼地走了。那一夜回家，仍旧是没有睡着，早晨起来，就接到了你一封信——在那一天早晨的前夜，我曾有一封信发出，约你今天到先施前面来会——你的信里依旧是说，我们两人在这一个期间内，还是少见面的好。你的苦衷，我未始不晓得。因为你还是一个无瑕的闺女，和男子来往交游，于名誉上有绝大的损失，并且我是一个已婚之人，尤其容易使人家误会。所以你就用拒绝与我见面的方法，来防止这一层。第二，你年纪还轻，将来总是要结婚的，所以你所希望于我的，就是赶快把我的身子弄得清清爽爽，可以正式地和你举行婚礼。由这两层原因看来，可以知道你所最重视的是名誉，其次是结婚，又其次才是两人中间的爱情。不消说这一次我见到了你，是很热烈地爱你的。正因为我很热烈地爱你，所以一时一刻都不愿意离开你。又因为我很热烈地爱你，所以我可以丢生命，丢家庭，丢名誉以及一切社会上的地位和金钱。所以由我讲来，现在我所最重视的，是热烈的爱，是盲目的爱，是可以牺牲一切、朝不能待夕的爱。此外的一切，在爱的面前，都只有和尘沙一样的价值。真正的爱，是不容利害打算的念头存在于其间的。所以我觉得这一次我对你感到的，的确是很纯正、很热烈的爱情。这一种爱情的保持，是要日日见面、日日谈心，才可以使它长成、使它洁化、使它长存于天地之间。而你对我的要求，第一就是不要我和你见面。

我起初还以为这是你慎重将事的美德，心里很佩服你，然而以我这几天自己的心境来一推想，觉得真正地感到热烈的爱情的时候，两人的不见面，是绝对的不可能的。若两个人既感到了爱情，而还可以长久不见面的话，那么结婚和同居的那些事情，简直可以不要。尤其是可以使我得到实证的，就是我自家的经验。我和我女人的订婚，是完全由父母做主，在我三岁的时候定下的。后来我长大了，有了知识，觉得两人中间，终不能发生出情爱来，所以几次想离婚，几次受了家庭的责备。结果我的对抗方法，就是长年地避居在日本，无论如何，总不愿意回国。后来因为祖母的病，我于暑假中回来了一次——那一年我已经有二十五岁了——殊不知母亲、祖母及女家的长者，硬地把我捉住，要我结婚。我逃得无可再逃，避得无可再避，就只好想了一个恶毒法子出来刁难女家，就是不要行结婚礼，不要用花轿，不要种种仪式。我以为对于头脑很旧的人，这一个法子是很有效力的。哪里知道女家竟承认了我，还是要我结婚，到了七十二变变完的时候，我才走投无路，只能由他们摆布了，所以就糊里糊涂地结了婚。但我对于我的女人，终是没有热烈的爱情的，所以结婚之后，到如今将满六载，而我和她同住的时间，积起来还不上半年。

因为我对我的女人，终是没有热烈的爱情的，所以长年地漂流在外，很久很久不见面，我也觉得一点儿也没有什么。从我自己的经验推想起来，我今天才得到了一个确实的结论，那就是现在你对我所感到的情爱，等于我对我自己的女人所感到的情爱一样。由你看来，和我长年不见，也是没有什么的。既然是如此，那么映霞，我真是对你不起了，因为我爱你的热度愈高，使你所受的困惑也愈甚，而我现在爱你的热度，已将超过沸点，那么你现在所受的痛苦，也一定是达到了极点了。爱情本来要两人同等地感受，同样地表示，才能圆满地成立，才能有好的结果，才能使两方感到一样的愉快，像现在我们这样的爱情，我觉得只是我一面的庸人自扰，并不是真正合乎爱情的原则的。所以这一次因为我起了这盲目的热情之后，我自己倒还是自作自受，吃吃苦是应该的，目下且将连累及你也吃起苦来了。我若是有良心的人，我若不是一个利己者，那么第一我现在就要先解除你的痛苦。你的爱我，并不是真正地由你本心而发的，不过是我的热情的反响。我这里燃烧得愈烈，你那里也痛苦得愈深，因为你一边本不爱我，一边又不得不聊尽你的对人的礼节，勉强地与我来酬酢。我觉得这样地过下去，我的苦楚倒还有限，但你的苦楚，未免就太大了。

　　今天想了一个下午，晚上又想了半夜，我才达到了这一个结论。由这一个结论再演想开来，我又发现了几个原因。第一我们的年龄相差太远，相互的情感是当然不能发生的。第二我自己的丰采不扬——这是我平生最大的恨事——不能引起你内部的燃烧；第三我的羽翼不丰，没有千万的家财，没有盖世的声誉，所以不能使你五体投地地受我的催眠暗示。

　　说到了这里，我怕你要骂我，骂我在说俏皮话讥讽你，或者你至少也要说我在无理取闹，无理生气，气你不肯和我相见，但是映霞，我很诚恳地对你说，这一种浅薄的心思，我是丝毫没有的。我从前虽则因为你不愿和我见面而曾经发过气，但到了现在——已经想前思后地想破了的现在，我是丝毫也没有怨你的心思，丝毫也没有讥骂你的心思了。我非但没有怨你讥诮你的心思，就是现在我也还在爱你。正因为爱你的原因，所以我想解除你现在的苦痛——心不由己，不得不勉强应酬的苦痛。我非但衷心还在爱你，并且也非常地在感激你。因为我这一次见了你，才经验到了情爱的本质，才晓得很热烈地想爱人的时候的心境是如何的紧张。我此后想遵守你所望于我的话，我此后想永远地将你留置在我的心灵上膜拜。我这一回只觉得对你不起，因为我一个人的热爱而致累及了你，累你也受了一个多月的苦。我对于自己所犯的这一点罪恶，认识得很清，所以今后我对于你的报答，也仍旧是和从前一样，你要我怎么样，我就可以怎么样你。

映霞，这一回我真觉得对你不起，我真累及了你了。

映霞，你这一回也算是受了一回骗，把我之致累于你的事情，想得轻一点，想得开一点吧！

我还希望你不要因此而断绝了我们的友谊，不要因此而混骂一班具有爱人的资格的男人。

这一回的事情，完全是我不好，完全是我一个人自不量力地瞎闯的结果。我这一封信，可以证明你的洁白，证明你的高尚，你不过是一个被难者，一个被疯犬咬了的人。你对我本来并没有什么好恶之感，并没有什么男女的私情的。万一你要证明你的洁白，证明你的高尚，有将这一封信发表的必要的时候，我也没有什么反对的抗议。不过若没有这一种必要的事情发生的时候，我还是希望你保存着，保存到我的死后再发表。

最后我还要重说一句，你所希望我的，规劝我的话，我以后一定牢牢地记着。假使我将来若有一点成就的时候，那么我的这一点成就的荣耀，愿意全部归赠给你。映霞，映霞，我写完了这一封信，眼泪就忍不住地往下掉了。我我……

第 3 封

映霞：

今天的一天，总算把你的误解，消除了一部分，但我怕你离开我之后，又要想起心事来，又要疑我的人格，疑我的心地，所以总想把你多留一刻，多对你说几句话。两天来没有睡觉，今天又走了一天，身体疲倦得很。到了出版部里，就想往床上躺下，可是你的信还没有写，仿佛心里还有什么牵挂的样子。现在草草写了这封信，希望你能够将我今天对你讲的话，牢牢记着。并且请你用全副精神爱我谅我，勿使旁人的离间，得有虚隙可乘。你应该多看一点书，少想一点心事，身体第一要保重，我以后也要保养身体了。万一下星期有好天气，我愿意和你们一道上吴淞去看海。

达夫上

三月十二日（1927 年）晚

卷二

世上一切算什么，只要有你

秋河

郁达夫

一

"你要杏仁粥吃么？"

一个二十三四岁的很时髦的女人背靠了窗口的桌子，远远地问他说。

"你来！你过来我对你讲。"

他躺在铜床上的薄绸被里，含了微笑，面朝着她，一点儿精神也没有地回答她说。床上的珠罗圆顶帐，大约是因为处地很高，没有蚊子的缘故，高高搭起在那里。光亮射人的这铜床的铜梗，只反映着一条薄薄的淡青绸被，被的一头，映着一个妩媚的少年的缩小图，把头搁在洁白的鸭绒枕上。东面靠墙，在床与窗口桌子之间，有一个衣橱，衣橱上的大镜子里，空空地照着一架摆在对面的红木梳洗台，台旁有叠着的几只皮箱。前面是一个大窗，窗口摆着一张桌子，窗外楼下是花园，所以站在窗口的桌子前，一望能见远近许多红白的屋顶和青葱的树木。

那少年睡在床上，向窗外望去，只见了半弯悠悠的碧落①，和一种眼虽看不见而感觉得出来的晴爽的秋气。她站在窗口的桌子前头，以这晴空作了背景，她的蓬松未束的乱发，鹅蛋形的笑脸，漆黑的瞳仁，淡红绸的背心，从左右肩垂下来的肥白的两臂，和她脸上的晨起时大家都有的那一种娇倦的形容，却使那睡在床上的少年，发现了许多到现在还未曾看出过的美点。

他懒懒地躺在被里，一边含着微笑，一边尽在点头，招她过去。她对他笑了一笑，先走到梳洗台的水盆里，洗了一洗手，就走到床边上去。衣橱的镜里照出了她的底下穿着的一条白纱短脚裤，脚弯膝以下的两条柔嫩的脚肚，和一双套进在绣花拖鞋里的可爱的七八寸长的肉脚，同时并照出了自腰部以下至脚弯膝止的一段曲线很多的肉体的蠕动。

她走到了床边，就面朝着了少年，侧身坐下去。少年从被里伸出了一只嫩白清瘦的手来，把她的肩下的大臂捏住了。

她见他尽在那里对她微笑，所以又问他说：

"你有什么话讲？"

他点了一点头，轻轻地说："你把头伏下来！"

她依着了他，就把耳朵送到他的脸上去，他从被里又伸出一只手来，把她的半裸的上体，打斜地抱住，接连地亲了几个嘴。她由他戏弄了一回，方才把身子坐起，收了笑容，又问他说：

"当真的你要不要什么吃，一夜没有睡觉，你肚里不饿的么？"

他只是微微地笑着，摇了一摇头说："我什么也不要吃，还早得很哩，你再来睡一忽吧！"

"已经快十点了，还说早哩！"

"你再来睡一忽吧！"

"呸！呸！"

这样的骂了一声，她就走上梳洗台前去梳理头发去了。

少年在被里看了一忽清淡的秋空，断断续续地念了几句"……六尺龙须新卷席，已凉天气未寒时②。……水晶帘卷近秋河③。……"诗，又看了一忽她的背影，和叉在头上的一双白臂，糊糊涂涂地问答了几声：

“怎么不叫娘姨来替你梳？”

“你这样睡在这里，叫娘姨上来倒好看呀！”

“怕什么？”

“哪里有儿子爬上娘床上来睡的？被她们看见，不要羞死人么？”

“怕什么？”

他啊啊地开了口，打了一个呵欠，伸了一伸腰，又念了一句："水晶帘下看梳头。"④就昏昏沉沉地睡着了。

二

上海法界霞飞路将尽头处，有折向北去的一条小巷；从这小巷口进去三五十步，在绿色的花草树木中间，有一座清洁的三层楼的小洋房，躺在初秋晴快的午前空气里。这座洋房是K省吕督军在上海的住宅。

英明的吕督军马弁⑤出身，费尽了许多苦心，才有了现在的地位。他大约是服了老子知足之戒，也不想再升上去做总统，年年坐收了八九十万的进款，尽在享受快乐。

他的太太，本来是他当标统时候的上官协统某的寡妹，那时候他新丧正室，有人为他撮合，就结了婚；结婚没有几个月她便生下了一个小孩，他也不晓得这小孩究竟是谁生的，因为协统家里出入的人很多，他不能指定说是何人之子。并且协统是一手提拔他起来的一个大恩人，他虽对他的填亡正室心里不很满足，然以功名利禄为人生第一义的吕标统，也没有勇气去追搜这些丑迹，所以就猫猫虎虎把那小孩认作了儿子；其实他因为在山东当差的时候，染了恶症，虽则性欲本能尚在，生殖的能力，却早失掉了。

十几年的战乱，把中国的国脉和小百姓，糟蹋得不成样子。但吕标统的根据，却一天一天地巩固起来；革命以后，他逐走了几个上官，就渐渐地升到了现在的地位。在他陆续收买强占的女子和许多他手下的妻妾，由他任意戏弄的妇人中间，他所最爱的，却是一个他到 K 省后第二年，由 K 省女子师范里用强迫手段娶来的一个爱妾。

当时还只十九岁的她，因为那一天，督军要到她校里来参观，她就做了全校的代表，把一幅绣画围屏，捧呈督军。吕督军本来是一个粗暴的武夫，从来没有尝过女学生的滋味，那一天见了她以后，就横空地造了些风波出来，用了威迫的手段，半买半抢地终于把她收作了笼中的驯鸟；像这样的事情在文明的目下的中国，本来也算不得什么奇事。不过这一个女学生，却有些古怪，她对吕督军始终总是冷淡得很。

吕督军对于女人，从来是言出必从的人，只有她时时显出些反抗冷淡的态度来，因此反而愈加激起了他的钟爱。

吕督军在霞飞路尽处的那所住宅，也是为她而买，预备她每年到上海来的时候给她使用的。

今年夏天吕督军因为军务吃紧，怕有大变，所以着人把她送到上海来住，仰求外国人的保护；他自己天天在 K 省接发电报，劳心国事，中国的一般国民，对他也感激得很。

他的公子，今年已经十九岁了，吕督军于二年前派了两位翻译，陪他到美国去留学。他天天和那些美国的下流妇人来往，觉得有些厌倦起来了。所以今年暑假之前，他就带了两位翻译，回到了中国。他一到上海，在码头上等他。和他同坐汽车，接他回到霞飞路的住宅里来的，就是他的两年前，已经在那里痴想的那位女学生，他的名义上的娘。

三

他名义上的母亲，当他初赴美国的时候，还有些对吕督军的敌意含着，所以对他亦没有什么特别的感情。并且当时他年纪还小，时常住在他的生母跟前。她与他的中间，更不得不生疏了。

那一天船到的前日，正是六月中旬很热的一天，她在霞飞路住宅里，接到了从船上发的无线电报，说他于明日下午到上海，她的心里还平静得很。第二天午后，她正闲空得无聊，吃完了午膳，在床上躺了一忽，觉得热得厉害，就起来换了衣服，坐了汽车上码头去接他，一则可以收受些凉风，二则也可以表示些对他的好意，除此之外，她的心里，实无丝毫邪念的。

她的汽车到码头的时候，船已靠岸了，因为上下的脚夫旅客乱杂得很，所以她也不下车来。她叫汽车夫从人丛中挤上船去问讯去，过了一会儿，汽车夫就领了两个三十左右鼻下各有一簇短胡的翻译和一位潇洒的青年绅士过来。那青年绅士走到汽车边上，对她笑了一脸，就伸手出来捏她的手，她脸上红了一红，心里"突突"跳个不住；但是由他的冰凉皙白的那只手里，传过来的一道魔力，却使她恍恍惚惚地迷醉了一阵。回复了自觉意识，和那两个中年人应酬了几句，她就邀他进汽车来并坐了回家，行李等件，一齐交给了那两个翻译。

回家之后，在楼下客厅里坐了一回，她看看他那一副常在微笑的形容，和柔和的声气，忽而想起了两年前的他来，心里就感着了一种莫名其妙的亲热。

她自到了吕督军那里以后，被复仇的心思所激动，接触过的男人也不少了。但她觉得这些男人，都不过是肉做的机械。压在身上，虽觉得有些重力，坐在对面，虽时时能讲几句无聊的套语，可是那一种热烈动人的感情的电力，她却从来没有感到过。

现在她对这一位洋服的清瘦的少年，不晓得如何，心里只是不能平静，好像有什么物事，要从头上掉下来的样子。

她和他同住在霞飞路的别宅，已经有半个多月了。有一天，吃过了晚饭，她和他坐了汽车，去乘了一回凉。在汽车里，他捏着了她的火热的手心，尽是幽幽地在诉说他在美国的生活状态。她和他身体贴着在一块，两眼只是呆呆地向着前头在暮色中沉沦下去的整洁修长的马路，马路两旁黑影沉沉的列树，和列树中微有倦意的蝉声凝视。她一边像在半睡状态里似的听着他的柔和的蜜语，一边她好像赤了身体，在月下的庭园里游步。

是初秋的晚上，庭园的草花，都在争最后的光荣，开满了红绿的杂花。庭园的中间有一方池水，池水中间站着一个大理石刻的人鱼，从她的脐里在那里喷出清凉的泉水来。月光洒满了这园庭，远处的树林，顶上载着银色的光华，林里烘出浓厚的黑影，寂静严肃地压在那里。喷水池的喷水，池里的微波，都反射着皎洁的月色，在那里荡漾，她脚下的绿茵和近旁的花草也披了月光，柔软无声地在受她的践踏。她只听见了些很幽很幽的喷水声音，而这淙淙的有韵律的声响又似出于一个跪在她脚旁、两手捧着她的裸了的腰腿的十八九岁的美少年之口。

她听了他的诉说，嘴唇颤动了一下，朝转头来对紧坐在她边上的他看了一眼，不知不觉就滚了两颗眼泪下来。他在黑暗的车里，看不出她的感情的流露，还是幽幽地在说。她就把手抽了一抽，俯向前去命汽车夫说：

"打回头去，我们回去吧！"

回到霞飞路的住宅，在二层楼的露台上坐定之后，她的兴奋，还是按捺不下。

时间已经晚了，外边只是沉沉的黑影。明蓝的天空里，淡映着几个摇动的明星，一阵微风，吹了些楼下园里的草花香味和隔壁西洋人家的比牙琴①的断响过来。他只是默默地坐在一张小椅上吸烟，有时看天空，有时也在偷看她。她也只默默地坐在藤椅上在那里凝视灰黑的空处。停了一会儿，他把吃剩的香烟丢往了楼下，走上她的身边，对她笑了一笑，指着天空的一条淡淡的星光说：

"那是什么？"

"那是天河！"

"七月七怕将到了吧？"

她也含了微笑，站了起来。对他深深地看了一眼，她就走进屋里去，一边很柔和地说：

"冰果已经凉透了，还不来吃！"

他就接紧地跟了她进去。她走到绿纱罩的电灯下的时候，站住了脚，回头来想看他一眼，说一句话的，接紧跟在她后面的他，突然因她站住了，就冲上了前，扑在她的身上，她的回转来的侧面，也正冲在他的嘴上。他就伸出了左右两手，把她紧紧地抱住了。她闭了眼睛，把身体紧靠着他，嘴上只感着了一道热味。她的身体正同入了熔化炉似的，把前后的知觉消失了的时候，他就松了一松手，"拍"的一响，把电灯灭黑了。

注释：

① 天空。

② 出自唐代诗人韩偓所作的《已凉》，文中引用有误，全诗为：碧阑干外绣帘垂，猩色屏风画折枝。八尺龙须方锦褥，已凉天气未寒时。

③ 出自唐代诗人顾况所作的《宫词》，全诗为：玉楼天半起笙歌，风送宫嫔笑语和。月殿影开闻夜漏，水晶帘卷近秋河。

④ 出自唐代诗人元稹所做的《离思五首·其二》，全诗为：山泉散漫绕阶流，万树桃花映小楼。闲读道书慵未起，水晶帘下看梳头。

⑤ 军官的卫兵。

⑥ 即钢琴。

雨巷

戴望舒

撑着油纸伞，独自
彷徨在悠长、悠长
又寂寥的雨巷，
我希望逢着
一个丁香一样地
结着愁怨的姑娘。

她是有
丁香一样的颜色，
丁香一样的芬芳，
丁香一样的忧愁，
在雨中哀怨，

哀怨又彷徨；

她彷徨在这寂寥的雨巷，

撑着油纸伞

像我一样，

像我一样地

默默彳亍着

冷漠，凄清，又惆怅。

她静默地走近

走近，又投出

太息一般的眼光，

她飘过

像梦一般地，

像梦一般地凄婉迷茫。

像梦中飘过

一枝丁香地，

我身旁飘过这女郎；

她静默地远了，远了，
到了颓圮的篱墙，
走尽这雨巷。

在雨的哀曲里，
消了她的颜色，
散了她的芬芳，
消散了，甚至她的
太息般的眼光，
丁香般的惆怅。

撑着油纸伞，独自
彷徨在悠长、悠长
又寂寥的雨巷，
我希望飘过
一个丁香一样地
结着愁怨的姑娘。

命命鸟

许地山

敏明坐在席上，手里拿着一本《八大人觉经》①，流水似的念着。她的席在东边的窗下，早晨的日光射在她脸上，照得她的身体全然变成黄金的颜色。她不理会日光晒着她，却不歇地抬头去瞧壁上的时计，好像等什么人来似的。

那所屋子是佛教青年会的法轮学校。地上满铺了日本花席，八九张矮小的几子横在两边的窗下。壁上挂的都是释迦应化的事迹，当中悬着一个卍字徽章和一个时计。一进门就知那是佛教的经堂。

敏明那天来得早一点，所以屋里还没有人。她把各样功课念过几遍，瞧壁上的时计正指着六点一刻。她用手挡住眉头，望着窗外低声地说："这时候还不来上学，莫不是还没有起床？"敏明所等的是一位男同学加陵。他们是七八年的老同学，年纪也是一般大。他们的感情非常的好，就是新来的同学也可以瞧得出来。

"铿铛……铿铛……"一辆电车循着铁轨从北而来，驶到学校门口停了一会儿。一个十五六岁的美男子从车上跳下来。他的头上包着一条苹果绿的丝巾，上身穿着一件雪白的短褂，下身围着一条紫色的丝裙，脚下踏着一双芒鞋，俨然是一位缅甸的世家子弟。这男子走进院里，脚下的芒鞋拖得啪嗒啪嗒的响。那声音传到屋里，好像告诉敏明说："加陵来了！"

敏明早已瞧见他，等他走近窗下，就含笑对他说："哼哼，加陵！请你的早安。你来得算早，现在才六点一刻咧。"加陵回答说："你不要讥诮我，我还以为我是第一早的。"他一面说一面把芒鞋脱掉，放在门边，赤着脚走到敏明跟前坐下。

加陵说："昨晚上父亲给我说了好些故事，到十二点才让我去睡，所以早晨起得晚一点。你约我早来，到底有什么事？"敏明说："我要向你辞行。"加陵一听这话，眼睛立刻瞪起来，显出很惊讶的模样，说："什么？你要往哪里去？"

敏明红着眼眶回答说："我的父亲说我年纪大了，书也念够了，过几天可以跟着他专心当戏子去，不必再像从前念几天唱几天那么劳碌。我现在就要退学，后天将要跟他上普朗去。"

加陵说："你愿意跟他去吗？"敏明回答说："我为什么不愿意？我家以演剧为职业是你所知道的。我父亲虽是一个很有名、很能赚钱的俳优②，但这几年间他的身体渐渐软弱起来，手足有点不灵活，所以他愿意我和他一块儿排演。我在这事上很有长处，也乐得顺从他的命令。"加陵说："那么，我对于你的意思就没有挽回的余地了。"敏明说："请你不必为这事纳闷。我们的离别必不能长久的。仰光是一所大城，我父亲和我必要常在这里演戏。有时到乡村去，也不过三两个星期就回来。这次到普朗去，也是要在那里耽搁八九天。请你放心……"

加陵听得出神，不提防外边早有五六个孩子进来。有一个顽皮的孩子跑到他们的跟前说："请'玫瑰'和'蜜蜂'的早安。"他又笑着对敏明说："'玫瑰'花里的甘露流出来咧。"——他瞧见敏明脸上有一点泪痕，所以这样说。西边一个孩子接着说："对呀！怪不得'蜜蜂'舍不得离开她。"加陵起身要追那孩子，被敏明拦住。她说："别和他们胡闹。

我们还是说我们的吧。"加陵坐下，敏明就接着说："我想你不久也得转入高等学校，盼望你在念书的时候要忘了我，在休息的时候要记念我。"加陵说："我决不会把你忘了。你若是过十天不回来，或者我会到普朗去找你。"敏明说："不必如此。我过几天准能回来。"

说的时候，一位三十多岁的教师由南边的门进来。孩子们都起立向他行礼。教师蹲在席上，回头向加陵说："加陵，昙摩蜱和尚叫你早晨和他出去乞食。现在六点半了，你快去吧。"加陵听了这话，立刻走到门边，把芒鞋放在屋角的架上，随手拿了一把油伞就要出门。教师对他说："九点钟就得回来。"加陵答应一声就去了。

加陵回来，敏明已经不在她的席上。加陵心里很是难过，脸上却不露出什么不安的颜色。他坐在席上，仍然念他的书。晌午的时候，那位教师说："加陵，早晨你走得累了，下午给你半天假。"加陵一面谢过教师，一面检点他的文具，慢慢地走回家去。

加陵回到家里，他父亲婆多瓦底正在屋里嚼槟榔。一见加陵进来，忙把沫红唾出，问道："下午放假么？"加陵说："不是，是先生给我的假。因为早晨我跟昙摩蜱和尚出去乞食，先生说我太累，所以给我半天假。"他父亲说："哦，昙摩蜱在道上曾告诉你什么事情没有？"加陵答道："他告诉我说，我的毕业时间快到了，他愿意我跟他当和尚去，他又说：这意思已经向父亲提过了。父亲啊，他实在向你提过这话么？"婆多瓦底说："不错，他曾向我提过。我也很愿意你跟他去。不知道你怎样打算？"加陵说："我现在有点不愿意。再过十五六年，或者能够从他。我想再入高等学校念书，盼望在其中可以得着一点西洋的学问。"他父亲诧异说："西洋的学问，啊！我的儿，你想差了。西洋的学问不是好东西，是毒药哟。你若是有了那种学问，你就要藐视佛法了。你试瞧瞧在这里的西洋人，多半是干些杀人的勾当，做些损人利己的买卖，和开些诽谤佛法的学校。什么圣保罗因斯提丢啦、圣约翰海斯苦尔啦，没有一间不是诽谤佛法的。我说你要求西洋的学问会发生危险就在这里。"加陵说："诽谤与否，在乎自己，并不在乎外人的煽惑。若是父亲许我入圣约翰海斯苦尔，我准保能持守得住，不会受他们的诱惑。"婆多瓦底说："我是很爱你的，你要做的事情，若是没有什么妨害，我一定允许你。要记得昨晚上我和你说的话。我一想起当日你叔叔和你的白象主③提婆的事，就不由得我不恨西洋人。我最沉痛的是他们在蛮得勒将白象主掳去；又在瑞大光塔设驻防营。瑞大光塔是我们的圣地，他们竟然叫些行凶的人在那里住，岂不是把我们的戒律打破了吗？我盼望你不要入他们的学校，还是清清净净去当沙门④：一则可以为白象主忏悔；二则可以为你的父母积福；三则为你将来往生极乐的预备。出家能得这几种好处，总比西洋的学问强得多。"加陵说："出家修行，我也很愿意。但无论如何，现在决不能办。不如一面入学，一面跟着昙摩蜱学些经典。"婆多瓦底知道劝不过来，就说："你既是决意要入别的学校，我也无可奈何，我很喜欢你跟昙摩蜱学习经典。你毕业后就转入仰光高等学校吧。那学校对于缅甸的风俗比较保存一点。"加陵说："那么，我明天就去告诉昙摩蜱和法轮学校的教师。"婆多瓦底说："也好。今天的天气很清爽，下午你又没有功课，不如在午饭后一块儿到湖里逛逛。你就叫他们开饭吧。"婆多瓦底说完，就进卧房换衣服去了。

原来加陵住的地方离绿绮湖不远。绿绮湖是仰光第一大、第一好的公园，缅甸人叫他作干多支。"绿绮"的名字是英国人替它起的。湖边满是热带植物。那些树木的颜色、形态，都是很美丽，很奇异。湖西远远望见瑞大光，那塔的金色光衬着湖边的椰树、蒲葵，真像王后站在水边，后面有几个宫女持着羽葆随着她一样。此外好的景致，随处都是。不论什么人，一到那里，心中的忧郁立刻消灭。加陵那天和父亲到那里去，能得许多愉快是不消说的。

过了三个月，加陵已经入了仰光高等学校。他在学校里常常思念他最爱的朋友敏明。但敏明自从那天早晨一别，老是没有消息。有一天，加陵回家，一进门仆人就递封信给他。拆开看时，却是敏明的信。加陵才知道敏明早已回来，他等不得见父亲的面，翻身出门，直向敏明家里奔来。

敏明的家还是住在高加因路，那地方是加陵所常到的。女仆玛弥见他推门进来，忙上前迎他说："加陵君，许久不见啊！我们姑娘前天才回来的。你来得正好，待我进去告诉她。"她说完这话就速速进里边去，大声嚷道："敏明姑娘，加陵君来找你呢。快下来吧。"加陵在后面慢慢地走，待要踏入厅门，敏明已迎出来。

敏明含笑对加陵说："谁教你来的呢？这三个月不见你的信，大概因为功课忙的缘故吧？"加陵说："不错，我已经入了高等学校，每天下午还要到昙摩蜱那里……唉，好朋友，我就是有工夫，也不能写信给你。因为我抓起笔来就没了主意，不晓得要写什么才能叫你觉得我的心常常有你在里头。我想你这几个月没有信给我，也许是和我一样地犯了这种毛病。”敏明说：“你猜得不错。你许久不到我屋里了，现在请你和我上去坐一会儿。”敏明把手搭在加陵的肩胛上，一面吩咐玛弥预备槟榔、淡巴菰和些少细点，一面携着加陵上楼。

敏明的卧室在楼西。加陵进去，瞧见里面的陈设还是和从前差不多。楼板上铺的是土耳其绒毡。窗上垂着两幅很细致的帷子。她的妆具[5]就放在窗边。外头悬着几盆风兰。瑞大光的金光远远地从那里射来。靠北是卧榻，离地约一尺高，上面用上等的丝织物盖住。壁上悬着一幅提婆和率斐雅洛观剧的画片。还有好些绣垫散布在地上。加陵拿一个垫子到窗边，刚要坐下，那女仆已经把各样吃的东西捧上来。“你嚼槟榔啵。”敏明说完这话，随手送了一个槟榔到加陵嘴里，然后靠着她的镜台坐下。

加陵嚼过槟榔，就对敏明说：“你这次回来，技艺必定很长进，何不把你最得意的艺术演奏起来，我好领教一下。”敏明笑说：“哦，你是要瞧我演戏来的。我死也不演给你瞧。”加陵说：“有什么妨碍呢？你还怕我笑你不成？快演吧，完了咱们再谈心。”敏明说：“这几天我父亲刚刚教我一套雀翎舞，打算在涅槃节期⑥到比古演奏，现在先演给你瞧吧。我先舞一次，等你瞧熟了，再奏乐和我。这舞蹈的谱可以借用《达撒罗撒》，歌调借用《恩斯民》。这两支谱，你都会么？"

加陵忙答应说："都会，都会。"

加陵擅于奏巴打拉⑦，他一听见敏明叫他奏乐，就立刻叫玛弥把那种乐器搬来。等到敏明舞过一次，他就跟着奏起来。

敏明两手拿住两把孔雀翎，舞得非常的娴熟。加陵所奏的巴打拉也还跟得上，舞过一会儿，加陵就奏起《恩斯民》的曲调，只听敏明唱道：

孔雀！孔雀！你不必赞我生得俊美；

我也不必嫌你长得丑劣。

咱们是同一个身心，

同一副手脚。

我和你永远同在一个身里住着，

我就是你啊，你就是我。

别人把咱们的身体分作两个，

是他们把自己的指头压在眼上，

所以会生出这样的错。

　　你不要像他们这样的眼光，

　　要知道我就是你啊，你就是我。

　　敏明唱完，又舞了一会儿。加陵说："我今天才知道你的技艺精到这个地步。你所唱的也是很好。且把这歌曲的故事说给我听。"敏明说："这曲倒没有什么故事，不过是平常的恋歌，你能把里头的意思听出来就够了。"加陵说："那么，你这支曲是为我唱的。我也很愿意对你说：我就是你，你就是我。"

　　他们二人的感情几年来就渐渐浓厚。这次见面的时候，又受了那么好的感触，所以彼此的心里都承认他们求婚的机会已经成熟。

　　敏明愿意再帮父亲二三年才嫁，可是她没有向加陵说明。加陵起先以为敏明是一个很信佛法的女子，怕她后来要到尼庵去实行她的独身主义，所以不敢动求婚的念头。现在瞧出她的心志不在那里，他就决意回去要求婆多瓦底的同意，把她娶过来。照缅甸的风俗，子女的婚嫁本没有要求父母同意的必要，加陵很尊重他父亲的意见，所以要履行这种手续。

他们谈了半晌的工夫，敏明的父亲宋志从外面进来，抬头瞧见加陵坐在窗边，就说："加陵君，别后平安啊！"加陵忙回答他，转过身来对敏明说："你父亲回来了。"敏明待下去，她父亲已经登楼。他们三人坐过一会儿，谈了几句客套，加陵就起身告辞。敏明说："你来的时间不短，也该回去了。你且等一等，我把这些舞具收拾清楚，再陪你在街上走几步。"

宋志眼瞧着他们出门，正要到自己屋里歇一歇，恰好玛弥上楼来收拾东西。宋志就对她说："你把那盘槟榔送到我屋里去吧。"玛弥说："这是他们剩下的，已经残了。我再给你拿些新鲜的来。"

玛弥把槟榔送到宋志屋里，见他躺在席上，好像想什么事情似的。宋志一见玛弥进来，就起身对她说："我瞧他们两人实在好得太厉害。若是敏明跟了他，我必要吃亏。你有什么好方法叫他们二人的爱情冷淡没有？"玛弥说："我又不是蛊师，哪有好方法离间他们？我想主人你也不必想什么方法，敏明姑娘必不至于嫁他。因为他们一个是属蛇，一个是属鼠的⑧，就算我们肯将姑娘嫁给他，他的父亲也不愿意。"宋志说："你说的虽然有理，但现在生肖相克的话，好些人

都不注重了。倒不如请一位蛊师来，请他在二人身上施一点法术更为得计。"

印度支那间有一种人叫作蛊师，专用符咒替人家制造命运。有时叫没有爱情的男女，忽然发生爱情；有时将如胶似漆的夫妻化为仇敌。操这种职业的人以逼罗的僧侣最多，且最受人信仰。缅甸人操这种职业的也不少。宋志因为玛弥的话提醒他，第二天早晨他就出门找蛊师去了。

晌午的时候，宋志和蛊师沙龙回来。他让沙龙进自己的卧房。玛弥一见沙龙进来，木鸡似的站在一边。她想到昨天在无意之中说出蛊师，引起宋志今天的实行，实在对不起她的姑娘。

她想到这里，就一直上楼去告诉敏明。

敏明正在屋里念书，听见这消息，急和玛弥下来，蹑步到屏后，倾耳听他们的谈话。只听沙龙说："这事很容易办。你可以将她常用的贴身东西拿一两件来，我在那上头画些符，念些咒，然后给回她用，过几天就见功效。"宋志说："恰好这里有她一条常用的领巾，是她昨天回来的时候忘记带上去的。这东西可用吗？"沙龙说："可以的，但是能够得着……"

敏明听到这里已忍不住，一直走进去向父亲说："阿爸，你何必摆弄我呢？我不是你的女儿么？我和加陵没有什么意，请你放心。"宋志驀地里瞧见他女儿进来，简直不知道要用什么话对付她。沙龙也停了半晌才说："姑娘，我们不是谈你的事。请你放心。"敏明斥他说："狡猾的人，你的计我已知道了。你快去办你的事吧。"宋志说："我的儿，你今天疯了么？你且坐下，我慢慢给你说。"

敏明哪里肯依父亲的话，她一味和沙龙吵闹，弄得她父亲和沙龙很没趣。不久，沙龙垂着头走出来；宋志满面怒容蹲在床上吸烟，敏明也忿忿地上楼去了。

敏明那一晚上没有下来和父亲用饭。她想父亲终究会用蛊术离间他们，不由得心里难过。她躺在床上翻来覆去。绣枕早已被她的眼泪湿透了。

第二天早晨，她到镜台梳洗，从镜里瞧见她满面都是鲜红色——因为绣枕褪色，印在她的脸上——不觉笑起来。她把脸上那些印迹洗掉的时候，玛弥已捧一束鲜花、一杯咖啡上来。敏明把花放在一边，一手倚着窗棂，一手拿住茶杯向窗外出神。

她定神瞧着围绕瑞大光的彩云，不理会那塔的金光向她的眼睑射来，她精神因此就十分疲乏。她心里的感想，和目前的光融洽，精神上现出催眠的状态。她自己觉得在瑞大光塔顶站着，听见底下的护塔铃叮叮当当地响。她又瞧见上面那些王侯所献的宝石，个个都发出很美丽的光明。她心里喜欢得很，不歇用手去摩弄，无意中把一颗大红宝石摩掉了。她忙要俯身去捡时，那宝石已经掉在地上，她定神瞧着那空儿，要求那宝石掉下的缘故，不觉有一种更美丽的宝光从那里射出来。她心里觉得很奇怪，用手扶着金壁，低下头来要瞧瞧那空儿里头的光景。不提防那壁被她一推，渐渐向后，原来是一扇宝石的门。

那门被敏明推开之后，里面的光直射到她身上。她站在外边，望里一瞧，觉得里头的山水、树木，都是她平生所不曾见过的。她在不知不觉中，已经向前走了几十步。耳边恍惚听见有人对她说："好啊！你回来啦。"敏明回头一看，觉得那人很熟悉，只是一时不能记出他的名字。她听见"回来"这两字，心里很是纳闷，就向那人说："我不住在这里，为何说我回来？你是谁？我好像在哪里与你会过似的。这是什么地方？"那人笑说："哈哈！去了这些日子，连自己家乡和平日间往来的朋友也忘了。肉体的障碍真是大哟。"敏明听了这话，简直莫名其妙。又问他说：

"我是谁？有那么好福气住在这里。我真是在这里住过吗？"那人回答说：

"你是谁？你自己知道。若是说你不曾住过这里，我就领你到处逛一逛，瞧你认得不认得。"

敏明听见那人要领她到处去逛逛，就忙忙答应，但所见的东西，敏明一点也记不清楚，总觉得样样都是新鲜的。那人瞧见敏明那么迷糊，就对她说："你既然记不清，待我一件一件告诉你。"

敏明和那人走过一座碧玉牌楼。两边的树罗列成行，开着很好看的花。红的、白的、紫的、黄的，各色齐备。树上有些鸟声，唱得很好听。走路时，有些微风慢慢吹来，吹得各色的花瓣纷纷掉下：有些落在人的身上；有些落在地上；有些还在空中飞来飞去。敏明的头上和肩膀上也被花瓣贴满，遍体熏得很香。那人说："这些花木都是你的老朋友，你常和它们往来。它们的花是长年开放的。"敏明说："这真是好地方，只是我总记不起来。"

走不多远，忽然听见很好的乐音。敏明说："谁在那边奏乐？"那人回答说："哪里有人奏乐，这里的声音都是发于自然的。你所听的是前面流水的声音。我们再走几步就可以瞧见。"进前几步果然有些泉水穿林而流。水面浮着奇异的花草，还有好些水鸟在那里游泳。敏明只认得些荷花、溪鹅⑨，其余都不认得。那人很耐烦，把各样的东西都告诉她。

他们二人走过一道桥，迎面立着一片琉璃墙。敏明说："这墙真好看，是谁在里面住？"那人说："这里头是乔答摩⑩宣讲法要的道场。现时正在演说，好些人物都在那里聆听法音。转过这个墙角就是正门。到的时候，我领你进去听一听。"敏明贪恋外面的风景，不愿意进去。她说："咱们逛会儿才进去吧。"那人说："你只会听粗陋的声音，看简略的颜色和闻污劣的香味。那更好的、更微妙的，你就不理会了……好，我再和你走走，瞧你了悟不了悟。"

二人走到墙的尽头，还是穿入树林。他们踏着落花一直进前，树上的鸟声，叫得更好听。敏明抬起头来，忽然瞧见南边的树枝上有一对很美丽的鸟呆立在那里，丝毫的声音也不从他们的嘴里发出。敏明指着向那人说："只只鸟儿都出声吟唱，为什么那对鸟儿不出声音呢？那是什么鸟？"那人说："那是命命鸟。为什么不唱，我可不知道。"

敏明听见"命命鸟"三字，心里似乎有点觉悟。她注神瞧着那鸟，猛然对那人说："那可不是我和我的好朋友加陵么，为何我们都站在那里？"

那人说："是不是，你自己觉得。"

敏明抢前几步，看来还是一对呆鸟。她说："还是一对鸟儿在那里，也许是我的眼花了。"

他们绕了几个弯，当前现出一节小溪把两边的树林隔开。对岸的花草，似乎比这边更新奇。树上的花瓣也是常常掉下来。树下有许多男女：有些躺着的，有些站着的，有些坐着的。各人在那里说说笑笑，都现出很亲密的样子。敏明说："那边的花瓣落得更妙，人也多一点，我们一同过去逛逛吧。"那人说："对岸可不能去。那落的叫作情尘，若是往人身上落得多了就不好。"敏明说："我不怕。你领我过去逛逛吧。"那人见敏明一定要过去，就对她说："你必要过那边去，我可不能陪你了。你可以自己找一道桥过去。"他说完这话就不见了。敏明回头瞧见那人不在，自己循着水边，打算找一道桥过去。但找来找去总找不着，只得站在这边瞧过去。

她瞧见那些花瓣越落越多，那班男女几乎被葬在底下。有一个男子坐在对岸的水边，身上也是满了落花。一个紫衣的女子走到他跟前说："我很爱你，你是我的命。我们是命命鸟。除你以外，我没有爱过别人。"那男子回答说："我对于你的爱情也是如此。我除了你以外不曾爱过别的女人。"

紫衣女子听了，向他微笑，就离开他。走不多远，又遇着一位男子站在树下，她又向那男子说："我很爱你，你是我的命。我们是命命鸟，除你以外，我没有爱过别人。"那男子也回答说："我对于你的爱情也是如此。我除了你以外不曾爱过别的女人。"

敏明瞧见这个光景，心里因此发生了许多问题，就是：那紫衣女子为什么当面撒谎，和那两位男子的回答为什么不约而同？她回头瞧那坐在水边的男子还在那里，又有一个穿红衣的女子走到他面前，还是对他说紫衣女子所说的话。那男子的回答和从前一样，一个字也不改。敏明再瞧那紫衣女子，还是挨着次序向各个男子说话。她走远了，话语的内容虽然听不见，但她的形容老没有改变。各个男子对她也是显出同样的表情。

敏明瞧见各个女子对于各个男子所说的话都是一样；各个男子的回答也是一字不改，心里正在疑惑，忽然来了一阵狂风把对岸的花瓣刮得干干净净，那班男女立刻变成很凶恶的容貌，互相啮食起来。敏明瞧见这个光景，吓得冷汗直流。她忍不住就大声喝道："嗳呀！你们的感情真是反复无常。"

敏明手里那杯咖啡被这一喝，全都泻在她的裙上。楼下的玛弥听见楼上的喝声，也赶上来。玛弥瞧见敏明周身冷汗，扑在镜台上头，忙上前把她扶起，问道："姑娘你怎样啦？烫着了没有？"敏明醒来，不便对玛弥细说，胡乱答应几句就打发她下去。

敏明细想刚才的异象，抬头再瞧窗外的瑞大光，觉得那塔还是被彩云绕住，越显得十分美丽。她立起来，换过一条绛色的裙子，就坐在她的卧榻上头。她想起在树林里忽然瞧见命命鸟变作她和加陵那回事情，心中好像觉悟他们两个是这边的命命鸟，和对岸自称为命命鸟的不同。她自己笑着说："好在你不在那边。幸亏我不能过去。"

她自经过这一场恐慌，精神上遂起了莫大的变化。对于婚姻另有一番见解，对于加陵的态度更是不像从前。加陵一点也觉不出来，只猜她是不舒服。

自从敏明回来，加陵没有一天不来找她。近日觉得敏明的精神异常，以为自己没有向她求婚，所以不高兴。加陵觉得他自己有好些难解决的问题，不能不对敏明说。第一，是他父亲愿意他去当和尚；第二，纵使准他娶妻，敏明的生肖和他不对，顽固的父亲未必承认。现在瞧见敏明这样，不由得不把衷情吐露出来。

加陵一天早晨来到敏明家里，瞧见她的态度越发冷静，就安慰她说："好朋友，你不必忧心，日子还长呢。我在咱们的事情上头已经有了打算。父亲若是不肯，咱们最终的办法就是'照例逃走'。你这两天是不是为这事生气呢？"敏明说："这倒不值得生气。不过这几晚睡得迟，精神有一点疲倦罢了。"

　　加陵以为敏明的话是真，就把前日向父亲要求的情形说给她听。他说："好朋友，你瞧我的父亲多么固执。他一意要我去当和尚，我前天向他说些咱们的事，他还要请人来给我说法，你说好笑不好笑？"敏明说："什么法？"加陵说："那天晚上，父亲把昙摩蜱请来。我以为有别的事要和他商量，谁知他叫我到跟前教训一顿。你猜他对我讲什么经呢？好些话我都忘记了。内中有一段是很有趣、很容易记的。我且念给你听：

　　"佛问摩邓曰：'女爱阿难何似？'女言：'我爱阿难眼；爱阿难鼻；爱阿难口；爱阿难耳；爱阿难声音；爱阿难行步。'佛言：'眼中但有泪；鼻中但有洟；口中但有唾；耳中但有垢；身中但有屎尿，臭气不净。'⑪

　　"昙摩蜱说得天花乱坠，我只是偷笑。因为身体上的污秽，人人都有，哪能因着这些小事，就把爱情割断呢？况且这经本来不合对我说；若是对你念，还可以解释得去。"

敏明听了加陵末了那句话，忙问道："我是摩邓吗？怎样说对我念就可以解释得去？"加陵知道失言，忙回答说："请你原谅，我说错了。我的意思不是说你是摩邓，是说这本经合于对女人说。"加陵本是要向敏明解嘲，不意反触犯了她。敏明听了那几句经，心里更是明白。他们两人各有各的心事，总没有尽情吐露出来。加陵坐不多会儿，就告辞回家去了。

涅槃节近啦。敏明的父亲直催她上比古去，加陵知道敏明明日要动身，在那晚上到她家里，为的是要给她送行。但一进门，连人影也没有。转过角门，只见玛弥在她屋里缝衣服。那时候约在八点钟的光景。

加陵问玛弥说："姑娘呢？"玛弥抬头见是加陵，就赔笑说："姑娘说要去找你，你反来找她。她不曾到你家去么？她出门已有一点钟工夫了。"加陵说："真的么？"

玛弥回了一声："我还骗你不成。"低头还是做她的活计。加陵说："那么，我就回去等她……你请。"

加陵知道敏明没有别处可去，她一定不会趁瑞大光的热闹。他回到家里，见敏明没来，就想着她一定和女伴到绿绮湖上乘凉。因为那夜的月亮亮得很，敏明和月亮很有缘；每到月圆的时候，她必招几个朋友到那里谈心。

　　加陵打定主意，就向绿绮湖去。到的时候，觉得湖里静寂得很。这几天是涅槃节期，各庙里都很热闹，绿绮湖的冷月没人来赏玩，是意中的事。加陵从爱德华第七的造像后面上了山坡，瞧见没人在那里，心里就有几分诧异。因为敏明每次必在那里坐，这回不见她，谅是没有来。

　　他走得很累，就在凳上坐一会儿。他在月影朦胧中瞧见地下有一件东西，捡起来看时，却是一条蝉翼纱的领巾。那巾的两端都绣一个吉祥海云的徽识，所以他认得是敏明的。

　　加陵知道敏明还在湖边，把领巾藏在袋里，就抽身去找她。他踏一弯虹桥，转到水边的乐亭，瞧没有人，又折回来。他在山丘上注神一望，瞧见西南边隐隐有个人影，忙上前去，见有几分像敏明。加陵蹑步到野蔷薇垣后面，意思是要吓她。他瞧见敏明好像是找什么东西似的，所以静静伏在那里看她要做什么。

　　敏明找了半天，随在乐亭旁边摘了一枝优钵昙花，走到湖边，向着瑞大光合掌礼拜。加陵见了，暗想她为什么不到瑞大光膜拜去？于是再蹑足走近湖边的蔷薇垣，那里离敏明礼拜的地方很近。

加陵恐怕再触犯她，所以不敢作声。只听她的祈祷：

"女弟子敏明，稽首三世诸佛：我自万劫以来，迷失本来智性，因此堕入轮回，成女人身。现在得蒙大慈，示我三生因果。我今悔悟，誓不再恋天人，致受无量苦楚。愿我今夜得除一切障碍，转生极乐国土。愿勇猛无畏阿弥陀，俯听恳求接引我。南无阿弥陀佛。"

加陵听了她这番祈祷，心里很受感动。他没有一点悲痛，竟然从蔷薇垣里跳出来，对着敏明说："好朋友，我听你刚才的祈祷，知道你厌弃这世间，要离开它。我现在也愿意和你同行。"

敏明笑道："你什么时候来的？你要和我同行，莫不你也厌世么？"加陵说："我不厌世。因为你的缘故，我愿意和你同行。我和你分不开。你到哪里，我也到哪里。"敏明说："不厌世，就不必跟我去。你要记得你父亲愿你做一个转法轮的能手。你现在不必跟我去，以后还有相见的日子。"加陵说："你说不厌世就不必死，这话有些不对。譬如我要到蛮得勒去，不是嫌恶仰光，不过我未到过那城，所以愿意去瞧一瞧。但有些人很厌恶仰光，他巴不得立刻离开才好。现在，你是第二类的人，我是第一类的人，为什么不让我和你同行？"敏明不料加陵会来，更不料他一下就决心要跟从她。现在听他这一番话语，知道他与自己的觉悟虽然不同，但她常感得他们二人是那世界的命命鸟，所以不甚阻止他。到这里，她才把前几天的事告诉加陵。加陵听了，心里非常的喜欢，说："有那么好的地方，为何不早告诉我？我一定离不开你了，我们一块儿去吧。"

那时月光更是明亮。树林里萤火虫无千无万地闪来闪去，好像那世界的人物来赴他们的喜筵一样。

加陵一手搭在敏明的肩上，一手牵着她。快到水边的时候，加陵回过脸来向敏明的唇边啜了一下。他说："好朋友，你不亲我一下么？"敏明好像不曾听见，还是直地走。

他们走入水里，好像新婚的男女携手入洞房那般自在，毫无一点畏缩。在月光水影之中，还听见加陵说："咱们是生命的旅客，现在要到那个新世界，实在叫我喜乐得很。"

现在他们去了！月光还是照着他们所走的路；瑞大光远远送一点鼓乐的声音来；动物园的野兽也都为他们唱很雄壮的欢送歌；唯有那不懂人情的水，不愿意替他们守这旅行的秘密，要找机会把他们的躯壳送回来。

注释：

① 《八大人觉经》与《四十二章经》《佛遗教经》合称为"佛遗教三经"，全经说明"大人"（诸佛菩萨）所觉知思考的八种成佛的方法——从观察体会世间无常无我、常修少欲、知足守道、常行精进、多闻智慧、布施平等、出家梵行、普济众生等八种觉知，来认识世间、修菩萨道及普度众生。

② 俳优，指以乐舞谐戏为业的艺人。

③ 白象主，缅甸王的尊号。

④ 意为"勤息""止息"，原为古印度宗教名词，泛指所有出家，修行苦行、禁欲，以乞食为生的宗教人士。后为佛教所沿用，成为佛教男性出家众（比丘）的代名词，在汉传佛教中，意义略同于和尚。

⑤ 奁具，读音 lián jù，梳妆用品。

⑥ 涅槃节，农历二月十五日为纪念释迦牟尼逝世的佛教节日。

⑦ 巴打拉，一种竹制的乐器。

⑧ 缅甸的生肖以日计算，礼拜四生的属鼠，礼拜六生的属蛇。

⑨ 水鸟名。形大于鸳鸯，而多紫色，好并游。俗称紫鸳鸯。

⑩ 即释迦牟尼。乔达摩·悉达多为佛祖的本名。

⑪ 出自《摩邓女经》，此经讲述摩邓女爱上阿难后，因受佛祖点拨，以鄙贱之身蒙佛度化而成受人天供养的出家人，并在佛前快速成就阿罗汉果，成为永脱生死之轮回的圣者的故事。

你为什么不来

许地山

在夭桃开透、浓荫欲成的时候，谁不想伴着他心爱的人出去游逛游逛呢？在密云不飞、急雨如注的时候，谁不愿在深闺中等她心爱的人前来细谈呢？

她闷坐在一张睡椅上，紊乱的心思像窗外的雨点——东抛，西织，来回无定。在有意无意之间，又顺手拿起一把九连环慵懒懒地解着。

丫头进来说："小姐，茶点都预备好了。"

她手里还是慵懒懒地解着，口里却发出似答非答的声，"……他为什么还不来？"

除窗外的雨声，和她手中轻微的银环声以外，屋里可算静极了！在这幽静的屋里，忽然从窗外伴着雨声送来几句优美的歌曲：

你放声哭，

因为我把林中善鸣的鸟笼住么？

你飞不动，

因为我把空中的雁射杀么？

你不敢进我的门，

因为我家养狗提防客人么？

因为我家养猫捕鼠，

你就不来么？

因为我的灯火没有笼罩，

烧死许多美丽的昆虫，

你就不来么？

你不肯来，

因为我有……

　　"有什么呢？"她听到末了这句，那紊乱的心就发出这样的问。她心中接着想："因为我约你，所以你不肯来；还是因为大雨，使你不能来呢？"

我的房东

冰心

一九三七年二月八日近午，我从日内瓦到了巴黎。我的朋友中国驻法大使馆的 L 先生，到车站来接我。他笑嘻嘻地接过了我的一只小皮箱，我们一同向站外走着。他说："你从罗马来的信，早收到了。你吩咐我的事，我为你奔走了两星期，前天才有了眉目，真是意外之缘！吃饭时再细细地告诉你吧。"

L 也是一个单身汉，我们走出站来，无"家"可归，叫了一辆汽车，直奔拉丁区的北京饭店。我们挑了个座位，对面坐下，叫好了菜。L 一面擦着筷子，一面说："你的条件太苛，挑房子哪有这么挑法？地点要好，房东要好，房客要少，又要房东会英语！我知道你难伺候，谁叫我答应了你呢，只好努力吧。谁知我偶然和我们的大使谈起，他给我介绍了一位女士，她是贵族遗裔，住在最清静高贵的贵族区——第七区。我前天去见了她，也看了房子……"他搔着头，笑说："真是'有缘千里来相会'，这位小姐，绝等漂亮，绝等聪明，温柔雅澹，堪配你的为人，一会儿你自己一见就知道了。"

我不觉笑了起来，说："我又没有托你做媒，何必说那些'有缘''相配'的话！倒是把房子情形说一说吧。"

这时菜已来了，L还叫了酒，他举起杯来，说："请！我告诉你，这房子是在第七层楼上，正临着拿破仑殡宫那条大街，美丽幽静，自不必说。只有一个房东，也只有你一个房客！这位小姐因为近来家道中落，才招个房客来帮贴用度，房租伙食是略贵一点，我知道你这个大爷，也不在乎这些。我们吃过饭就去看吧。"

我们又谈了些闲话，酒足饭饱，L会过了账，我提起箱子就要走。L拦住我，笑说："先别忙提箱子，现在不是你要不要住那房子的问题，是人家要不要你做房客的问题。如今七手八脚都搬了去，回头一语不合，叫人家撵了出来，够多没意思！还是先寄存在这里，等下说定了再来拿吧。"我也笑着依从了他。

一辆汽车，驰过宽阔光滑的街道，转弯抹角，停在一座大楼的前面。进了甬道，上了电梯，我们便站在最高层的门边。L脱了帽，按了铃，一个很年轻的女佣出来开门，L笑着问："R小姐在家吗？请你转报一声，中国大使馆的L先生，带一位客人来拜访她。"那女佣微笑着，接过片子，说："请先生们客厅里坐。"便把我们带了进去。

我正在欣赏这一间客厅连饭厅的陈设和色调，忽然看见L站了起来，我也连忙站起。从门外走进了一位白发盈颠的老妇人。L笑着替我介绍说："这位就是我同您提过的×先生。"

转身又向我说："这位是R小姐。"

R小姐微笑着同我握手，我们都靠近壁炉坐下。R小姐一面同L谈着话，一面不住地打量我，我也打量她。她真是一个美人！一头柔亮的白发。身上穿着银灰色的衣裙，领边袖边绣着几朵深红色的小花。肩上披着白绒的围巾。长眉妙目，脸上薄施脂粉，也淡淡地抹着一点口红。岁数简直看不出来，她的举止顾盼，有许多地方十分地像我的母亲！

R小姐又和我攀谈，用的是极流利的英语。谈起伦敦，谈起罗马，谈起瑞士……当我们谈到罗马博物馆的雕刻，和佛劳伦斯博物馆的绘画时，她忽然停住了，笑说："×先生刚刚来到，一定乏了，横竖将来我们谈话的机会多得很，还是先带你看看你的屋子吧。"她说着便站起引路，L在后面笑着在我耳边低声说："成了。"

我的那间屋子，就在客厅的后面，紧连着浴室，窗户也是临街开的。陈设很简单，却很幽雅，临窗一张大书桌子，桌上一瓶茶色玫瑰花，还疏疏落落地摆着几件文具。对面一个书架子，下面空着，上层放着精装的英法德各大文豪的名著。床边一张小几，放着个小桌灯，也是茶红色的灯罩。此外就是一架大衣柜，一张摇椅，屋子显得很亮，很宽。

我们四围看了一看，我笑说："这屋子真好，正合我的用处……"R小姐也笑说："我们就是这里太静一些，马利亚的手艺不坏，饭食也还可口。哪一天，你要出去用饭，请告诉她一声。或若你要请一两个客人，到家里来吃，也早和她说。衣服是每星期有人来洗……"一面说着，我们又已回到客厅里。L拿起帽子，笑说："这样我们就说定了，我相信你们宾主一定会很相得的。现在我们先走了。晚饭后×先生再回来——他还没去拜望我们的大使呢！"

我们很高兴地在大树下、人行道上并肩地走着。L把着我的臂儿笑说："我的话不假吧，除了她的岁数稍微大一点之外！大使说，推算起来，恐怕她已在六旬以外了。她是个颇有名的小说家，也常写诗。她挑房客也很苛，所以她那客房，常常空着，她喜欢租给'外路人'，我看她是在招致可描写的小说中人物，说不定哪一天，你就会在她的小说中出现！"

我笑说："这个本钱，我倒是捞得回来。只怕我这个人，既非儿女，又不英雄，没有福气到得她的笔下。"

午夜，我才回到我的新屋子里，洗漱后上床，衾枕雪白温软，我望着茶红色的窗帘，茶红色的灯罩，在一圈微晕的灯影下，忽然忘记了旅途的乏倦。我赤足起来，从书架上拿了一本歌德诗集来看，不知何时，蒙眬睡去——直等第二天微雨的早晨，马利亚敲门，送进刮胡子的热水来，才又醒来。

从此我便在 R 家住下了。早饭很简单，只是面包牛油咖啡，多半是自己在屋里吃。早饭后就到客厅坐坐，让马利亚收拾我的屋子。初到巴黎，逛街访友，在家吃饭的时候不多，我总是早晨出去，午夜回来。好在我领了一把门钥，独往独来，什么人也不惊动。有时我在寒夜中轻轻推门，只觉得温香扑面，踏着厚软的地毯，悄悄地走回自己屋里，桌上总有信件鲜花，有时还有热咖啡或茶，和一盘小点心。我一面看着信，一面吃点心喝茶——这些事总使我想起我的母亲。

第二天午饭时，见着 R 女士，我正要谢谢她给我预备的"消夜"，她却先笑着说："×先生，这半月的饭钱，我应该退还你，你成天的不在家！"我笑着坐下，说："从今天起，我要少出去了，该看的人和该看的地方，都看过了。现在倒要写点信，看点书，养养静了。"R小姐笑说："别忘了还有你的法文，L先生告诉我，你是要练习法语的。"

真的，我的法文太糟了，书还可以猜着看，话却是无人能懂！R小姐提议，我们在吃饭的时候说法语。结果是我们谈话的范围太广，一用法文说，我就词不达意，笑着想着，停了半天。次数多了，我们都觉得不方便，不约而同地笑了出来，说："算了吧，别扭死人！"从此我只顾谈话，把法语丢在脑后了！

巴黎的春天，相当阴冷，我们又都喜欢炉火，晚饭后常在R小姐的书房里，向火抽烟，闲谈。这书房是全房子里最大的一间，满墙都是书架，书架上满是文学书。壁炉架上，摆着几件东方古董。从她的谈话里，知道她的父亲做过驻英大使——她在英国住过十五年——也做过法国远东殖民地长官——她在远东住过八年。她有三个哥哥，都不在了。两个侄子，也都在上次欧战时阵亡。一个侄女，嫁了，有两个孩子，住在乡下。她的母亲，是她所常提到的，是一位身体单薄、多才有德的夫人，从相片上看去，眉目间尤其像我的母亲。

我虽没有学到法语，却把法国的文学艺术，懂了一半。我们常常一块儿参观博物院，逛古迹，听歌剧，看跳舞，买书画……她是巴黎一代的名闺，我和她朝夕相从，没看过R小姐的，便传布着一种谣言，说是×××在巴黎，整天陪着一位极漂亮的法国小姐，听戏，跳舞。这风声甚至传到国内我父亲的耳朵里，他还从北平写信来问。我回信说："是的，一点不假，可惜我无福，晚生了三十年，她已是一位六旬以上的老姑娘了！父亲，假如您看见她，您也会动心呢，她长得真像母亲！"

我早可以到柏林去，但是我还不想去，我在巴黎过着极明媚的春天——

在一个春寒的早晨，我得到国内三弟报告订婚的信。下午吃茶的时候，我便将他们的相片和信，带到R小姐的书房里。我告诉了她这好消息，因此我又把皮夹里我父亲、母亲，以及二弟、四弟两对夫妇的相片，都给她看了。她一面看着，很客气地称赞了几句，忽然笑说："×先生，让我问你一句话，你们东方人不是主张'男大当婚，女大当嫁'的吗？为何你竟然没有结婚，而且你还是个长子？"

我笑了起来，一面把相片收起，挪过一个锦墩，坐在炉前，拿起铜条来，拨着炉火，一面说："问我这话的人多得很，你不是第一个。原因是，我的父母很摩登，从小，他们没有强迫我订婚或结婚。到自己大了，挑来挑去的，高不成，低不就，也就算了……"

R女士凝视着我，说："你不觉得生命里缺少什么？"

我说："这个，倒也难说，根本我就没有去找。我认为婚姻若没有恋爱，不但无意义，而且不道德。但一提起恋爱来，问题就大了，你不能提着灯笼去找！我们东方人信'夙缘'，有缘千里来相会，若无缘呢？就是遇见了，也到不了一处……"

这时我忽然忆起L君的话，不觉抬头看她，她正很自然地靠坐在一张大软椅里，身上穿着一件浅紫色的衣服，胸前戴几朵紫罗兰。闪闪的炉火光中，窗外阴暗，更显得这炉边一角，温静，甜柔……

她举着咖啡杯，仍在望着我。我接下去说："说实话，我还没有感觉到空虚，有的时候，单身人更安逸，更宁静，更自由……我看你就不缺少什么，是不是？"

她轻轻地放下杯子，微微地笑说："我嘛，我是一个女人，就另是一种说法了……"说着，她用雪白的手指，挑着鬓发，轻轻地向耳后一掠，从椅旁小几上，拿起绒线活来，一面织着，一面看着我。

我说："我又不懂了，我总觉得女人天生的是家庭建造者。男人倒不怎样，而女人却是爱小孩子，喜欢家庭生活的，为何女人倒不一定要结婚呢？"

R 小姐看着我，极温柔软款地说："我是'人性'中最人性，'女性'中最'女性'的一个女人。我愿意有一个能爱护我的，温柔体贴的丈夫，我喜爱小孩子，我喜欢有个完美的家庭。我知道我若有了这一切，我就会很快乐地消失在里面去——但正因为，我知道自己太清楚了，我就不愿结婚，而至今没有结婚！"

我抱膝看着她。她笑说："你觉得奇怪吧，待我慢慢地告诉你——我还有一个毛病，我喜欢写作！"

我连忙说："我知道，我的法文太浅了，但我们的大使常常提起你的作品，我已试着看过，因为你从来没提起，我也就不敢……"

R 小姐拦住我，说："你又离了题了，我的意思是一个女作家，家庭生活于她不利。"我说："假如她能够——"她立刻笑说："假如她身体不好……告诉你，一个男人结了婚，他并不牺牲什么。一个不健康的女人结了婚，事业——假如她有事业、健康、家务，必须牺牲其一！我若是结了婚，第一牺牲的是事业，第二是健康，第三是家务……"

写到这里，我忽然忆起去年我一个女学生写的一篇小说，叫作《三败俱伤》——她低头织着活计，说："我是一个要强，顾面子，好静，有洁癖的人；在情感上我又非常的细腻，体贴；这些都是我的致命伤！为了这性格，别人用了十分心思，我就得用上百分心思；别人用了十分精力，我就得用上百分精力。一个家庭，在现代，真是谈何容易，当初我的母亲，她做一个外交官夫人，安南总督太太，真是仆婢成群，然而她……她的绘画，她的健康，她一点没有想到顾到。她一天所想的是丈夫的事业，丈夫的健康，儿女的教养，儿女的……她忙忙碌碌地活了五十年！至今我拿起她的画稿来，我就难过。嗳，我的母亲……"她停住了，似乎很激动，轻轻地咳嗽了两声，勉强地微笑说："我母亲的事情，真够写一本小说的。你看见过英国女作家，V.Sackville-West①写的 *All Passion Spent* 吧？"

我仿佛记得看过这本书，就点头说："看过了，写的真不错……不过，R 小姐，一个结婚的女人，她至少有了爱情。"她忽然大声地笑了起来，说："爱情？这就是一件我所最拿不稳的东西，男人和女人心里所了解的爱情，根本就不一样。告诉你，男人活着是为事业——天晓得他说的是事业还是职业！女人活着才为着爱情；女人为爱情而牺牲了自己的一切，而男人却说：'亲爱的，为了不敢辜负你的爱，我才更要努力我的事业！'这真是名利双收！"她说着又笑了起来，笑声中含着无限的凉意。

我不敢言语，我从来没有看见 R 小姐这样激动过，我虽然想替男人辩护，而且我想我也许不是那样的男人。

她似乎看出了我的心绪，她笑着说："每一个男人在结婚以前，都说自己是个例外，我相信他们也不说假话。但是夫妻关系，是种最娇嫩最伤脑筋的关系，而时光又是一件最无情最实际的东西。等到你一做了他的同衾共枕之人，天长地久……呵！天长地久！任是最坚硬晶莹的钻石也磨成了光彩模糊的沙颗，何况是血淋淋的人心？你不要以为我是生活在浪漫的幻想里的人，我一切都透彻，都清楚。男人的'事业'当然要紧，讲爱情当然是不应该抛弃了事业，爱情的浓度当然不能终身一致。但是更实际的是，女人终究是女人，她也不能一辈子以结婚的理想、人生的大义，来支持她困乏的心身。在她最悲哀、最柔弱、最需要同情与温存的一刹那顷，假如她所得到的只是漠然的言语，心不在焉的眼光，甚至于尖刻的讥讽和责备，你想，一个女人要如何想法？我看得太多了，听得也太多了。这都是婚姻生活里解不开的死结！只为我太知道，太明白了，在决定牺牲的时候，我就要估量轻重了！"

她俯下身去，拣起一根柴，放在炉火里，又说："我母亲常常用忧愁的眼光看着我说：'德利莎！你看你的身体！你不结婚，将来有谁来看护你？'我没有说话，我只注视着她，我的心里向她叫着说：'你看你的身体吧，你一个人的病，抵不住我们五个人的病。父亲的肠炎、回归热……以及我们兄妹的种种稀奇古怪的病……三十年来，还不够你受的？'但我终究没有言语。"

她微微地笑了，注视着炉火："总之我年轻时还不算难看，地位也好，也有点才名，因此我所受的试探，我相信也比别的女孩子多一点。我也曾有过几次的心软……但我都终于逃过了。我是太自私了，我扔不下这支笔，因着这支笔，我也要保持我的健康，因此——你说我缺少恋爱吗？也许，但，现在还有两三个男人爱慕着我，他们都说我是他们唯一终身的恋爱。这话我也不否认，但这还不是因为我们没有到得一处的缘故？他们当然都已结过了婚，我也认得他们温柔能干的夫人。我有时到他们家里去吃饭喝茶，但是我并不羡慕他们的家庭生活！他们的太太也成了我的好朋友，有时还向我抱怨她们的丈夫。我一面轻描淡写地劝慰着她们，我一面心里也在想，假如是我自己受到这些委屈，我也许还不会有向人诉说的勇气！有时在茶余酒后，我也看见这些先生们，向着太太皱起眉头，我就会感觉到一阵战栗，假如我做了他的太太，他也对我皱眉，对我厌倦，那我就太……"

我笑了，极恳挚地轻轻拍着她的膝头，说："假如你做了他的太太，他就不会皱眉了。我不相信世界上有任何男子，有福气做了你的丈夫，还会对你皱眉，对你厌倦。"

她笑着摇了摇头，微微地叹一口气，说："好孩子，谢谢你，你说得好！但是你太年轻了，不懂得。这二三十年来，我自己住着，略为寂寞一点，却也舒服。这些年里，我写了十几本小说、七八本诗，旅行了许多地方，认识了许多朋友。我的侄女，承袭了我的名字，也叫德利莎，上帝祝福她！小德利莎是个活泼健康的孩子，廿十几岁便结了婚。她以恋爱为事业，以结婚为职业。整天高高兴兴的，心灵里，永远没有矛盾，没有冲突。她的两个孩子，也很像她。在夏天，我常常到她家里去住。她进城时，也常带着孩子来看我。我身后，这些书籍古董，就都归她们了。我的遗体，送到国家医院去解剖，以后再行火化，余灰撒在赛纳河里，我的一生大事也就完了……"

我站了起来，正要说话，马利亚已经轻轻地进来，站在门边，垂手说："小姐，晚饭开齐了。"R小姐吃惊似的，笑着站了起来，说："真是，说话便忘了时候，×先生，请吧。"

饭时，她取出上好的香槟酒来，我也去拿了大使馆朋友送的名贵的英国纸烟，我们很高兴地谈天说地，把刚才的话一句不提。那晚R小姐的谈锋特别隽妙，双颊飞红，我觉得这是一种兴奋、疲乏的表示。饭后不多一会儿，我便催她去休息。我在客厅门口望着她迟缓秀削的背影，呆立了一会儿。她真是美丽，真是聪明！可惜她是太美丽，太聪明了！

十天后我离开了巴黎，L送我到了车站。在车上，我临窗站到近午，才进来打开了R小姐替我预备的筐子，里面是一顿很精美的午餐，此外还有一瓶好酒，一本平装的英文小说，是 *All Passion Spent*。

我回国不到一月，北平便沦陷了。我还得到北平法国使馆转来的R小姐的一封信，短短的几行字：

×先生：

　　听说北平受了轰炸，我无时不在关心着你和你一家人的安全！振奋起来吧，一个高贵的民族，终久是要抬头的。有机会请让我知道你平安的消息。

　　　　　　　　　　　　　　你的朋友　德利莎

　　我写了回信，仍托法国使馆转去，但从此便不相通问了。

　　三年以后，轮到了我为她关心的时节，德军进占了巴黎，当我听到巴黎冬天缺乏燃料，要家里住有德国军官才能领到煤炭的时候，我希望她已经逃出了这美丽的城市。我不能想象这静妙的老姑娘，带着一脸愁容，同着德国军官，沉默向火！

　　"振奋起来吧，一个高贵的民族，终久是要抬头的！"

注释：

① 达·萨克维尔－韦斯特（1892—1962），英国作家、诗人。下及著作为《耗尽的激情》，小说讲述了老去的斯莱恩女士在经历一系列压抑后，勇敢地追逐自由的故事。

欧罗巴旅馆

萧红

楼梯是那样长，好像让我顺着一条小道爬上天顶。其实只是三层楼，也实在无力了。手扶着楼栏，努力拔着两条颤颤的、不属于我的腿，升上几步，手也开始和腿一般颤。

等我走进那个房间的时候，和受辱的孩子似的偎上床去，用袖口慢慢擦着脸。他——郎华，我的情人，那时候他还是我的情人，他问我了："你哭了吗？"

"为什么哭呢？我擦的是汗呀，不是眼泪呀！"

不知是几分钟过后，我才发现这个房间是如此的白，棚顶是斜坡的棚顶，除了一张床，地下有一张桌子，一围藤椅。离开床沿用不到两步可以摸到桌子和椅子。开门时，那更方便，一张门扇躺在床上可以打开。住在这白色的小室，我好像住在幔帐中一般。我口渴，我说："我应该喝一点水吧！"

他要为我倒水时，他非常着慌，两条眉毛好像要连接起来，在鼻子的上端扭动了好几下："怎样喝呢？用什么喝？"

桌子上除了一块洁白的桌布，干净得连灰尘都不存在。

我有点昏迷，躺在床上听他和茶房在过道说了些话，又听到门响，他来到床边。我想他一定举着杯子在床边，却不，他的手两面却分张着：

"用什么喝？用脸盆来喝吧！"

他去拿藤椅上放着才带来的脸盆时，毛巾下面刷牙缸被他发现，于是拿着刷牙缸走去。

旅馆的过道是那样寂静，我听他踏着地板来了。

正在喝着水，一只手指抵在白床单上，我用发颤的手指抚来抚去。他说：

"你躺下吧！太累了。"

我躺下也是用手指抚来抚去，床单有突起的花纹，并且白得有些闪我的眼睛，心想：不错的，自己正是没有床单。我心想的话他却说出了！

"我想我们是要睡空床板的，现在连枕头都有。"说着，他拍打我枕在头下的枕头。

"咯咯——"有人打门，进来一个高大的俄国女茶房，身后又进来一个中国茶房：

"也租铺盖吗？"

"租的。"

"五角钱一天。"

"不租。""不租。"我也说不租，郎华也说不租。

那女人动手去收拾：软枕，床单，就连桌布她也从桌子扯下去。床单夹在她的腋下。一切都夹在她的腋下。一秒钟，这洁白的小室跟随她花色的包头巾一同消失去。

我虽然是腿颤，虽然肚子饿得那样空，我也要站起来，打开柳条箱去拿自己的被子。

小室被劫了一样，床上一张肿涨的草褥赤现在那里，破木桌一些黑点和白圈显露出来，大藤椅也好像跟着变了颜色。

晚饭以前，我们就在草褥上吻着抱着过的。

晚饭就在桌子上摆着，黑"列巴"和白盐。

晚饭以后，事件就开始了：

开门进来三四个人，黑衣裳，挂着枪，挂着刀。进来先拿住郎华的两臂，他正赤着胸膛在洗脸，两手还是湿着。他们那些人，把箱子弄开，翻扬了一阵：

"旅馆报告你带枪，没带吗？"那个挂刀的人问。随后那人在床下扒得了一个长纸卷，里面卷的是一支剑。他打开，抖着剑柄的红穗头：

"你哪里来的这个？"

停在门口那个去报告的俄国管事，挥着手，急得涨红了脸。

警察要带郎华到局子里去。他也预备跟他们去，嘴里不住地说："为什么单独用这种方式检查我？妨碍我？"

最后警察温和下来，他的两臂被放开，可是他忘记了穿衣裳，他湿水的手也干了。

原因日间那白俄来取房钱，一日两元，一月六十元。我们只有五元钱。马车钱来时去掉五角。那白俄说：

"你的房钱，给！"他好像知道我们没有钱似的，他好像是很着忙，怕是我们跑走一样。他拿到手中两元票子又说："六十元一月，明天给！"原来包租一月三十元，为了松花江涨水才有这样的房价。如此，他摇手瞪眼地说："你的明天搬走，你的明天走！"

郎华说："不走，不走……"

"不走不行，我是经理。"

郎华从床下取出剑来，指着白俄：

"你快给我走开，不然，我宰了你。"

他慌张着跑出去了，去报告警察，说我们带着凶器，其实剑裹在纸里，那人以为是大枪，而不知是一支剑。

结果警察带剑走了，他说："日本宪兵若是发现你有剑，那你非吃亏不可，了不得的，说你是大刀会。我替你寄存一夜，明天你来取。"

警察走了以后，闭了灯，锁上门，街灯的光亮从小窗口跑下来，凄凄淡淡的，我们睡了。在睡中不住想：警察是中国人，倒比日本宪兵强得多啊！

天明了，是第二天，从朋友处被逐出来是第二天了。

叫我老头子的弟妇

冰心

第三个女人，我要写的，本是我的奶娘。刚要下笔，编辑先生忽然来了一封信，特烦我写"我的弟妇"。这当然可以，只是我有三个弟妇，个个都好，叫我写哪一个呢？把每个人都写一点吧，省得她们说我偏心！

我常对我的父亲说："别人家走的都是儿子的运，我们家走的却是儿媳妇的运，您看您这三位少奶奶，看着叫人心里多么痛快！"父亲一面笑眯眯地看着她们，一面说："你为什么不也替我找一位痛快的少奶奶来呢？"于是我的弟弟和弟妇们都笑着看我。我说："我也看不出我是哪点儿不如他们，然而我混了这些年，竟混不着一位太太。"弟弟们就都得意地笑着说："没有梧桐树，招不了凤凰来。只因你不是一棵梧桐树，所以你得不着一只凤凰！"这也许是事实，我只好忍气吞声地接受了他们的讥诮。那是廿六年六月，正值三弟新婚后到北平省亲，人口齐全，他提议照一张合家欢的相片，却被我严词拒绝了。我不能看他们得意忘形的样子，更不甘看相片上我自己旁边没有一个女人，这提议就此作罢。时至今日，我颇悔恨，因为不到一个月，卢沟桥事变起，我们都星散了。父亲死去，弟弟们天南地北，"海内风尘诸弟隔，天涯涕泪一身遥"是我常诵的句子，而他们的集合相片，我竟没有一张！

我的二弟妇，原是我的表妹，我的舅舅的女儿，大排行第六，只比我的二弟小一个月。

我看着他们长大，真是青梅竹马，两小无猜。在他们的回忆里，有许多甜蜜天真的故事，倘若他们肯把一切事情都告诉我，一定可以写一本很好的小说。我曾向他们提议，他们笑说：

"偏不告诉你，什么话到你嘴里，都改了样，我们不能让你编排！"

他们在七八岁上，便由父母之命定了婚；定婚以后，舅母以为未婚男女应当避嫌，他们的踪迹便疏远了。然而我们同舅家隔院而居，早晚出入，总看得见，岁时节序，家宴席上，也不能避免。他们那种忍笑相视的神情，我都看在眼里，我只背地里同二弟取笑，从来不在大人面前提过一句，恐怕舅母又来干涉，太煞风景。

有一年，正是二弟在唐山读书，六妹在天津上学，一个春天的早晨，我忽然接到"男士先生亲启"的一封信，是二弟发的，赶紧拆来一看，里面说："大哥，我想和六妹通信，……已经去了三封信，但她未曾复我，请你帮忙疏通一下，感谢不尽。"我笑了，这两个十五岁的孩子，春天来到他们的心里了！我拿着这封信，先去给母亲看，母亲只笑了一笑，没说什么。我知道最重要的关键还是舅母，于是我又去看舅母。寒暄以后，轻闲地提起，说二弟在校有时感到寂寞，难为他小小的年纪，孤身在外，我们都常给他写信，希望舅母和六妹也常和他通信，给他一点安慰和鼓励。舅母迟疑了一下，正要说话，我连忙说："母亲已经同意了。这个年头，不比从前，您若是愿意他们小夫妻将来和好，现在应当让他们多多交换意见，联络感情。他俩都是很懂事有分寸的孩子，一切有我来写包票。"舅母思索了一会儿，笑着叹口气说："这是哪儿来的事！也罢，横竖一切有你做哥哥的负责。"我也不知道我负的是什么责任，但这交涉总算办得成功，我便一面报告了母亲，一面分函他们两个，说："通信吧，一切障碍都扫除了，没事别再来麻烦我！"

他们廿一岁的那年，我从国外回来，二弟已从大学里毕业，做着很好的事，拉得一手的好提琴，身材比我还高，翩翩年少，相形之下，我觉得自己真是老气横秋了。六妹也长大了许多，俨然是一个大姑娘了。在接风的家宴席上，她也和二弟同席，谈笑自如。夜阑人散，父母和我亲热地谈着，说到二弟和六妹的感情，日有进步，虽不像西洋情人之形影相随，在相当的矜持之下，他们是互相体贴，互相勉励；母亲有病的时候，六妹是常在我们家里，和弟弟们一同侍奉汤药，也能替母亲料理一点家事。谈到这里，母亲就说："真的，你自己的终身大事怎样了？今年腊月是你父亲的六十大寿，我总希望你能带一个媳妇回来，替我做做主人。如今你一点动静都没有，二弟明夏又要出国，三弟四弟还小，我几时才做得上婆婆？"我默然一会儿，笑着说："这种事情着急不来。您要做个婆婆却容易；二弟尽可于结婚之后再出国。刚才我看见六妹在这里的情形，俨然是个很能干的小主妇，照说廿一岁了也不算小了，这事还得我同舅母去说。"母亲仿佛没有想到似的，回头笑对父亲说："这倒也是一个办法。"

第二天同二弟提起，他笑着没有异议。过几天同舅母提起，舅母说："我倒是无所谓，不过六妹还有一年才能毕业大学，你问她自己愿意不愿意。"我笑着去找六妹。她正在廊下织活，看见我走来，便拉一张凳子，让我坐下。我说："六妹，有一件事和你商量，请你务必帮一下忙。"她睁着大眼看着我。我说："今年父亲大寿的日子，母亲要一个人帮她做主人，她要我结婚，你说我应当不应当听话？"她高兴得站了起来，"你？结婚？这事当然应当听话。几时结婚？对方是谁？要我帮什么忙？"我笑说："大前提已经定了，你自己说的，这事当然应当听话。我不知道我在什么时候才可以结婚，因为我还没有对象，我已把这责任推在二弟身上了，我请你帮他的忙。"她猛然明白了过来，红着脸回头就走，嘴里说："你总是爱开玩笑！"我拦住了她，正色说："我不是同你开玩笑，这事母亲、舅母和二弟都同意了，只等候你的意见。"她站住了，也严肃了起来，说："二哥明年不是要出国吗？"我说："这事我们也讨论过，正因为他要出国，我又不能常在家，而母亲身边又必须有一个得力的人，所以只好委屈你一下。"她低头思索了一会儿，脸上渐有笑容。我知道这个交涉又办成功了，便说："好了，一切由我去备办，你只预备做新娘子吧！"她啐了一口，跑进屋去。舅母却走了出来，笑说："你这大伯子老没正经——不过只有三四个月的工夫了，我们这些人老了，没有用，一切都拜托你了。"

父亲生日的那天，早晨下了一场大雪，我从西郊赶进城来。当天，他们在欧美同学会举行婚礼，新娘明艳得如同中秋的月！吃完喜酒，闹哄哄地回到家里来，摆上寿筵。拜完寿，前辈客人散了大半，只有二弟一班朋友，一定要闹新房，父母亲不好拦阻，三弟四弟乐得看热闹，大家一哄而进。我有点乏了，自己回东屋去吸烟休息。我那三间屋子是周末养静之所，收拾得相当整齐，一色的藤床竹椅，花架上供养着两盆蜡梅，书案上还有水仙，掀起帘来，暖香扑面。我坐了一会儿，翻起书本来看，正神往于万里外旧游之地，猛抬头看钟，已到十二时半，南屋新房里还是人声鼎沸。我走进去一看，原来新房正闹到最热烈的阶段，他们请新娘做的事情，新娘都一一遵从了，而他们还不满意，最后还要求新娘向大家一笑，表示逐客的意思，大家才肯散去。新娘大概是乏了，也许是生气了，只是绷着脸不肯笑，两下里僵着，二弟也不好说什么，只是没主意地笑着四顾。我赶紧找支铅笔，写了个纸条，叫伴娘偷偷地送了过去，上面是："六妹，请你笑一笑，让这群小土匪下了台，我把他们赶到我屋里去！"忙乱中新娘看了纸条，在人丛中向我点头一笑，大家哄笑了起来，认为满意。我就趁势把他们都让到我的书室里。那夜，我的书室是空前的凌乱，这群"小土匪"在那里喝酒、唱歌、吃东西、打纸牌，直到天明。

不到几天，新娘子就喧宾夺主，事无巨细，都接收了过去，母亲高高在上，无为而治，脸上常充满着"做婆婆"的笑容。我每周末从西郊回来，做客似的，受尽了小主妇的招待。

她生活在我们中间，仿佛是从开天辟地就在我们家里似的，那种自然，那种合适。第二年夏天，二弟出国，我和三弟四弟教书的教书，读书的读书，都不能常在左右，只有她是父母亲朝夕的慰安。

十几年过去了，她如今已是五个孩子的母亲，不过对于"大哥"，她还喜欢开点玩笑，例如：她近来不叫我"大哥"，而叫我"老头子"了！

卷三

只愿天下情侣，不再有泪如你

我何以有这样弥久的愿望

高君宇

评梅：

由仲一信中函来之书，我接读数日了。当时你正是忙的时候。我频频以书信搅扰，且提出一些极不相干的问题要你回答，想来应当是歉疚至于无地的。

你所以至今不答我问，理由是在"忙"以外的，我自信很可这样断定。我们可不避讳地说，我是很了解我自己，也相当地了解你，我们中间是有一种愿望（旁注：什么话？你或者是这样——）。它的开始，是很平庸而不惹注意的，是起自很小的一个关纽，但它像怪魔一般徘徊着已有三年了。这或者已是离开你记忆之领域的一事，就是同乡会后吧，你给我的一信，那信具有的仅不过是通常问候，但我感觉到的却是从来不曾发现的安怡。自是之后，我极不由己地便发生了一种要了解你的心，然而我却是常常提悬着。我是父亲系于铁锁下的，我是被诅咒为"女性之诱惑"的，要了解你或者就是一大不忠实。三年直到最近，我终于是这样提悬着！故于你几次悲观的信，只好压下了同情的安慰，徒索然无味地为理智的劝解：这种镇压在我心上是极勉强的，但我总觉得不如此便是个罪恶。我所以仅通信而不来看你，也是畏惧这种愿望之显露。然而竟有极不检点的一次，这次竟将真心之幕的一角揭起了！在我们平凡的交情，那次信表现的仅可解释为一时心的罗曼，我亦随即言明已经消失。谁知那是久已在一个灵魂中孕育的产儿呢？我何以有这样弥久的愿望，像我们这样互知的浅显，连我自己亦百思不得其解。若说为了曾得到过安慰。则那又是何等自私自利的动念？

　　理智是替我解释不了这样的缘故，但要了解的需求却相反地行事，像要剥夺了我一切自由般强横地压迫我。在这种烦闷而又躲闪的心情之下，我有时自不免神志纷纭。写给你的信有些古怪的地方：这又是不免使你厌烦或畏惧的。你所以不答那些，能不是为了这样吗？

　　但是，朋友！请你放心勿为了这些存心！不享受的贡品，是世人不献之于神的：了解更是双方的，是一件了解则绝对，否则便整个无的事。相信我，我是可移一切心与力的专注于我所期盼之事业的，假使世界断定现下的心是无可回应的。

我所以如是赤裸地大胆地写此信，同时也在为了一种被现在观念鄙视的辩护，愿你不生一些惊讶，不当它是故示一种希求，只当它是历史的一个真心之自承，不论它含蓄的是何种性质。我们要求宇宙承认它之存在与公表是应当的，是不当讪笑的，虽然它同时对于一个特别的心甚至于可鄙弃的程度。

祝你好吧，评梅！

君宇

十月十五日（1923 年）

一片红叶

石评梅

这是一个凄风苦雨的深夜。

一切都寂静了，只有雨点落在蕉叶上，淅淅沥沥令人听着心碎。这大概是宇宙的心音吧，它在这人静夜深时候哀哀地泣诉！

窗外缓一阵紧一阵的雨声，听着像战场上金鼓般雄壮，错错落落似鼓桴敲着的迅速，又如风儿吹乱了柳丝般的细雨，只洒湿了几朵含苞未放的黄菊。这时我握着破笔，对着灯光默想，往事的影儿轻轻在我心幕上颤动，我忽然放下破笔，开开抽屉拿出一本红色书皮的日记来，一页一页翻出一片红叶。这是一片鲜艳如玫瑰的红叶，它夹在我这日记本里已经两个月了。往日我为了一种躲避从来不敢看它，因为它是一个灵魂孕育的产儿，同时它又是悲惨命运的纽结。谁能想到薄薄的一片红叶，里面纤织着不可解决的生谜和死谜呢！我已经是泣伏在红叶下的俘虏，但我绝不怨及它，可怜在万千飘落的枫叶里，它衔带了这样不幸的命运。我告诉你们它是怎样来的：

一九二三年十月廿六的夜里，我翻读着一本《莫愁湖志》，有些倦意，遂躺在沙发上假睡；这时白菊正在案头开着，窗纱透进的清风把花香一阵阵吹在我脸上，我微嗅着这花香不知是沉睡，还是微醉！懒松松的似乎有许多回忆的燕儿，飞掠过心海激动着神思的颤动。我正沉恋着逝去的童年之梦，这梦曾产生了金坚玉洁的友情，不可掠夺的铁志；我想到那轻渺渺像云天飞鸿般的前途时，不自禁地微笑了！睁开眼见菊花都低了头，我忽然担心它们的命运，似乎它们已一步一步走近了坟墓，死神已悄悄张着黑翼在那里接引，我的心充满了莫名的悲绪！

大概已是夜里十点钟，小丫头进来递给我一封信，拆开时是一张白纸，拿到手里从里面飘落下一片红叶。

"呵！一片红叶！"

我不自禁地喊出来。怔愣了半天，用抖颤的手捡起来一看，上边写着两行字：

满山秋色关不住一片红叶寄相思

天辛采自西山碧云寺十月二十四日

　　平静的心湖，悄悄被夜风吹皱了，一波一浪汹涌着像狂风统治了的大海。我伏在案上静静地想，马上许多的忧愁集在我的眉峰。我真未料到一个平常的相识，竟对我有这样一番不能抑制的热情。只是我对不住他，我不能受他的红叶。为了我的素志我不能承受它，承受了我怎样安慰他；为了我没有一颗心给他，承受了如何忍心欺骗他。我即使不为自己设想，但是我怎能不为他设想。因之我陷入如焚的烦闷里。

　　在这黑暗阴森的夜幕下，窗下蝙蝠飞掠过的声音，更令我觉着战栗！

　　我揭起窗纱见月华满地，斑驳的树影，死卧在地下不动，特别现出宇宙的清冷和幽静。我遂添了一件夹衣，推开门走到院里，迎面一股清风已将我心胸中一切的烦念吹净。无目的走了几圈后，遂坐在茅亭里看月亮，那凄清皎洁的银辉，令我对世界感到了空寂。坐了一会儿，我回到房里蘸饱了笔，在红叶的反面写了几个字是：

枯萎的花篮不敢承受这鲜红的叶儿。

仍用原来包着的那张白纸包好，写了个信封寄还他。这一朵初开的花蕾，马上让我用手给揉碎了。为了这事他曾感到极度的伤心，但是他并未因我的拒绝而中止。他死之后，我去兰辛那里整理他箱子内的信件，那封信忽然又出现在我眼前！拆开红叶依然，他和我的墨泽都依然在上边，只是中间裂了一道缝，红叶已枯干了。我看见它心中如刀割，虽然我在他生前拒绝了不承受的，在他死后我觉着这一片红叶，就是他生命的象征。

上帝允许我的祈求吧！我生前拒绝了他的我在他死后依然承受他，红叶纵然能去了又来，但是他呢！是永远不能回来了，只剩了这一片志恨千古的红叶，依然无恙地伴着我，当我抖颤地用手捡起他寄给我时的心情，愿永远留在这鲜红的叶里。

最后的命运

庐隐

突如其来的怅惘，不知何时潜踪，来到她的心房，她默默无言，她凄凄似悲。那时正是微雨晴后，斜阳正艳，葡萄叶上滚着圆珠，荼蘼花儿含着余泪，凉飙呜咽正苦，好似和她表深刻的同情！

碧草舒齐地铺着，松荫沉沉地覆着；她含羞凝眸，望着他低声说："这就是最后的命运吗？"他看看她微笑道："这命运不好吗？"她沉默不答。

松涛慷慨激烈地唱着，似祝她和他婚事的成功。

这深刻的印象，永远留在她和他的脑里，有时变成温柔的安琪儿①，安慰她干燥的生命；有时变成幽闷的微菌，满布在她的全身血管里，使她怅惘！使她烦闷！

她想："人们驾着一叶扁舟，来到世上，东边漂泊，西边流荡，没有着落固然是苦，但有了结束，也何尝不感到平庸的无聊呢？"

爱情如幻灯，远望时光华灿烂，使人沉醉，使人迷恋，一旦着迹，便觉味同嚼蜡，但是她不解，当他求婚时，为什么不由得就答应了他呢？

她深憾自己的情弱，易动！回想到独立苍冥的晨光里，东望滔滔江流，觉得此心赤裸裸毫无牵扯，呵！这是如何的壮美呵！

现在呢！柔韧的密网缠着，如饮醇醪，沉醉着，迷惘着！上帝呵！这便是人们最后的命运吗？

她凄楚着，沉思着，不觉得把雨后的美景轻轻放过，黄昏的灰色幕，罩住世界的万有，一切都消沉在寂寞里，她不久也被睡魔引入胜境了！

我的理想家庭

老舍

    一个二十多岁的小伙子，讲恋爱，讲革命，讲志愿，似乎天地之间，唯我独尊，简直想不到组织家庭——结婚既是爱的坟墓，家庭根本上是英雄好汉的累赘。及至过了三十，革命成功与否，事情好歹不论，反正领略够了人情世故，壮气就差点事儿了。虽然明知家庭之累，等于投胎为马为牛，可是人生总不过如此，多少也都得经验一番，既不坚持独身，结婚倒也还容易。于是发帖子请客，笑着开驶倒车，苦乐容或相抵，反正至少凑个热闹。到了四十，儿女已有二三，贫也好富也好，自己认头苦曳，对于年轻的朋友已经有好些个事儿说不到一处，而劝告他们老老实实地结婚，好早生儿养女，即是话不投缘的一例。到了这个年纪，设若还有理想，必是理想的家庭。倒退二十年，连这么一想也觉泄气。人生的矛盾可笑即在于此，年轻力壮，力求事事出轨，决不甘为火车；及至中年，心理的，生理的，种种理的什么什么，都使他不但非作火车不可，且作货车焉。把当初与现在一比较，判若两人，足够自己笑半天的！或有例外，实不多见。

明年我就四十了，已具说理想家庭的资格：大不必吹，盖亦自嘲。

我的理想家庭要有七间小平房：一间是客厅，古玩字画全非必要，只要几张很舒服宽松的椅子，一二小桌。一间书房，书籍不少，不管什么头版与古本，而都是我所爱读的。一张书桌，桌面是中国漆的，放上热茶杯不至烫成个圆白印儿。文具不讲究，可是都很好用。桌上老有一两枝鲜花，插在小瓶里。两间卧室，我独据一间，没有臭虫，而有一张极大极软的床。在这个床上，横睡直睡都可以，不论怎睡都一躺下就舒服合适，好像陷在棉花堆里，一点也不硬碰骨头。还有一间，是预备给客人住的。此外是一间厨房，一个厕所，没有下房，因为根本不预备用仆人。家中不要电话，不要播音机，不要留声机，不要麻将牌，不要风扇，不要保险柜。缺乏的东西本来很多，不过这几项是故意不要的，有人白送给我也不要。

院子必须很大。靠墙有几株小果木树。除了一块长方的土地，平坦无草，足够打开太极拳的，其他的地方就都种着花草——没有一种珍贵费事的，只求昌茂多花。屋中至少有一只花猫，院中至少也有一两盆金鱼；小树上悬着小笼，二三绿蝈蝈随意地鸣着。

这就该说到人了。屋子不多，又不要仆人，人口自然不能很多：一妻和一儿一女就正合适。先生管擦地板与玻璃，打扫院子，收拾花木，给鱼换水，给蝈蝈一两块绿黄瓜或几个毛豆；并管上街送信买书等事宜。太太管做饭，女儿任助手——顶好是十二三岁，不准小也不准大，老是十二三岁。儿子顶好是三岁，既会讲话，又胖胖的会淘气。母女于做饭之外，就做点针线，看小弟弟。大件衣服拿到外边去洗，小件的随时自己涮一涮。

既然有这么多工作，自然就没有多少工夫去听戏看电影。不过在过生日的时候，全家就出去玩半天；接一位亲或友的老太太给看家。过生日什么的永远不请客受礼，亲友家送来的红白帖子，就一概扔在字纸篓里，除非那真需要帮助的，才送一些干礼去。到过节过年的时候，吃食从丰，而且可以买一通纸牌，大家打打"索儿胡"，赌铁蚕豆或花生米。

男的没有固定的职业，只是每天写点诗或小说，每千字卖上四五十元钱。女的也没事做，除了家务就读些书。儿女永不上学，由父母教给画图、唱歌、跳舞——乱蹦也算一种舞法——和文字、手工之类。等到他们长大，或者也会仗着绘画或写文章卖一点钱吃饭；不过这是后话，顶好暂且不提。

这一家子人，因为吃得简单干净，而一天到晚又不闲着，所以身体都很不坏。因为身体好，所以没有肝火，大家都不爱闹脾气。除了为小猫上房、金鱼甩子等事着急之外，谁也不急叱白脸的。

大家的相貌也都很体面，不令人望而生厌。衣服可并不讲究，都做得很结实朴素；永远不穿又臭又硬的皮鞋。男的很体面，可不露电影明星气；女的很健美，可不红唇卷毛的鼻子朝着天。孩子们都不卷着舌头说话，淘气而不讨厌。

这个家庭顶好是在北平，其次是成都或青岛，至坏也得在苏州。无论怎样吧，反正必须在中国，因为中国是顶文明顶平安的国家；理想的家庭必在理想的国内也。

毋忘草

梁遇春

一

Butler[1]和 Stevenson[2]都主张我们应当衣袋里放一本小簿子，心里一涌出什么巧妙的念头，就把它抓住记下，免得将来逃个无影无踪。我一向不大赞成这个办法，一则因为我总觉得文章是"妙手偶得之"的事情，不可刻意雕出。那大概免不了三分"匠"意。二则，既然记忆力那么坏，有了得意的意思又会忘却，那么一定也会忘记带那本子了，或者带了本子，没有带笔，结果还是一个忘却，倒不如安分些，让这些念头出入自由吧。这些都是壮年时候的心境。

近来人事纷扰，感慨比从前多，也忘得更快，最可恨的是不全忘去，留个影子，叫你想不出全部来觉得怪难过的。

并且在人海的波涛里浮沉着，有时颇顾惜自己的心境，想留下来，做这个徒然走过的路程的标志。因此打算每夜把日间所胡思乱想的多多少少写下一点儿，能够写多久，那是连上帝同魔鬼都不知道的。

二

老子用极恬美的文字著了《道德经》，但是他在最后一章里却说："信言不美，美言不信。"大有一笔勾销前八十章的样子。这是抓到哲学核心的智者的态度。若使他没有看透这点，他也不会写出这五千言了。天下事讲来讲去讲到彻底时正同没有讲一样，只有知道讲出来是没有意义的人才会讲那么多话。又讲得那么好。Montaigne③，Voltaire④，Pascal⑤，Hume⑥说了许多的话，却是全没有结论，也全因为他们心里是雪亮的，晓得万千种话一灯青，说不出什么大道理来，所以他们会那样滔滔不绝，头头是道。天下许多事情都是翻筋斗，未翻之前是这么站着，既翻之后还是这么站着，然而中间却有这么一个筋斗！

镜君屡向我引起庄子的"道隐于小成，言隐于荣华"，又屡向我盛称庄生文章的奇伟瑰丽，他的确很懂得庄子。

三

我现在深知道"忆念"这两个字的意思，也许因为此刻正是穷秋时节吧。忆念是没有目的，没有希望的，只是在日常生活里很容易触物伤情，想到千里外此时有个人不知道做什么生。有时遇到极微细的，跟那人绝不相关的情境，也会忽然联想起那个穿梭般出入我的意识的她，我简直认为这念头是来得无端。忆念后又怎么样呢？没有怎么样，我还是这么一个人。那么又何必忆念呢？但是当我想不去忆念她时，我这想头就剩忆念着她了。当我忘却了这个想头，我又自然地忆念起来了。我可以闭着眼睛不看外界的东西，但是我的心眼总是清炯炯的，总是睇着她的倩影。在欢场里忆起她时，我感到我的心境真是静悄悄得像老人了。在苦痛时忆起她时，我觉得无限的安详，仿佛以为我已挨尽一切了。总之，我时时的心境都经过这么一种洗礼，不管当时的情绪为何，那色调是绝对一致的，也可以说她的影子永离不开我了。

　　"人间别久不成悲"，难道已浑然好像没有这么一回事吗？不，绝不！初别的时候心里总难免万千心绪起伏着，就构成一个光怪陆离的悲哀。当一个人的悲哀变成灰色时，他整个人溶在悲哀里面去了，惆怅的情绪既为他日常心境，他当然不会再有什么悲从中来了。

注释：

　　① 塞缪尔·巴特勒（1835—1902），英国作家，活跃于维多利亚时代。

　　② 罗伯特·路易斯·史蒂文森（1850—1894），英国小说家，代表作品有长篇小说《金银岛》《化身博士》《绑架》《卡特丽娜》等。

　　③ 米歇尔·德·蒙田（1533—1592），是法国在北方文艺复兴时期最有标志性的哲学家，以《随笔集》三卷留名后世。

　　④ 伏尔泰（1694—1778），法国启蒙时代思想家、哲学家、文学家，启蒙运动公认的领袖和导师。被称为"法兰西思想之父"。

⑤ 布莱士·帕斯卡（1623—1662），法国神学家、哲学家、数学家、物理学家、化学家、音乐家、教育家、气象学家。

⑥ 大卫·休谟（1711—1776），苏格兰哲学家、经济学家和历史学家，苏格兰启蒙运动以及西方哲学史中最重要的人物之一。

她走了

梁遇春

她走了，走出这古城，也许就这样子永远走出我的生命了。她本是我生命源泉的中心里的一朵小花，她的根是种在我生命的深处，然而此后我也许再也见不到那隐有说不出的哀怨的脸容了，这也可说我的生命的大部分已经从我生命里消逝了。

两年前我的懦怯使我将这朵花从心上轻轻摘下（世上一切残酷大胆的事情总是懦怯弄出来的，许多自杀的弱者，都是因为起先太顾惜生命了，生命果然是安稳地保存着，但是自己又不得不把它扔掉。弱者只怕失败，终免不了一个失败，天天兜着这个圈子，兜的回数愈多，也愈离不开这圈子了！）——两年前我的懦怯使我将这朵小花从心上摘下，花叶上沾着几滴我的心血，它的根当还在我心里，我的血就天天从这折断处涌出，化成脓了。所以这两年来我的心里的贫血症是一年比一年深了。今天这朵小花，上面还濡染着我的血，却要随着江水——清流乎？浊流乎？天知道！——流去，我就这么无能为力地站在岸上，这么心里狂涌出鲜红的血。

"谁道人生无再少，门前流水尚能西。"但是我凄惨地相信西来的弱水绝不是东去的逝波。否则，我愿意立刻化作牛矢满面的石板在溪旁等候那万万年后的某一天。

她走之前，我向她扯了多少漫天的大谎呀！但是我的鲜血都把它们染成为真实了。还没有涌上心头时是个谎话，一经心血的洗礼，却变作真实的真实了。我现在认为这是我心血唯一的用处。若使她知道个个谎都是从我心房里榨出，不像那信口开河的真话，她一定不让我这样不断地扯谎着。我将我生命的精华搜集在一起，全放在这些谎话里面，掷在她的脚旁，于是乎我现在剩下来的只是这堆渣滓，这个永远是渣滓的自己。我好比一根火柴，跟着她已经擦出一朵神奇的火花了，此后的岁月只消磨于躺在地板上做根腐朽的木屑罢了！人们践踏又何妨呢？"推枰犹恋全输局"，我已经把我的一生推在一旁了，而且丝毫也不留恋着。

她劝我此后还是少抽烟，少喝酒，早些睡觉，我听着我心里欢喜得正如破晓的枝头弄舌的黄雀，我不是高兴她这么挂念着我，那是用不着证明的，也是言语所不能证明的，我狂欢的理由是我看出她以为我生命还未全行枯萎，尚有留恋自己生命的可能，所以她进言的时期还没有完全过去；否则，她还用得着说这些话吗？我捧着这血迹模糊的心求上帝，希望她永久保留有这个幻觉。我此后不敢不多喝酒，多抽烟，迟些睡觉，表示我的生命力尚未全尽，还有心情来扮个颓丧者，因此使她的幻觉不全是个幻觉。虽然我也许不能再见她的倩影了，但是我却有些迷信，只怕她靠着直觉能够看到数千里外的我的生活情形。

她走之前，她老是默默地听我的忏情的话，她怎能说什么呢？我怎能不说呢？但是她的含意难伸的形容向我诉出这十几年来她辛酸的经验，悲哀已爬到她的眉梢同她的眼睛里去了，她还用得着言语吗？她那轻脆的笑声是她沉痛的心弦上弹出的绝调，她那欲泪的神情传尽人世间的苦痛，她使我凛然起敬，我觉得无限的惭愧，只好滤些清净的心血，凝成几句的谎言。天使般的你呀！我深深地明白你会原宥，我从你的原宥我得到我这个人唯一的价值。你对我说："女子多半都是心地极褊狭的，定不会容人的，我却是心地最宽大的。"

你这句自白做了我黑暗的心灵的闪光。

我真认识得你吗？真走到你心窝的隐处吗？我绝不这样自问着，我知道在我不敢讲的那个字的立场里，那个字就是唯一的认识。心心相契的人们哪里用得着知道彼此的姓名和家世。

你走了，我生命的弦戛然一声全断了，你听见了没有？

写这篇东西时，开头是用"她"字，但是有几次总误写作"你"字，后来就任情地写"你"字了。仿佛这些话迟早免不了被你瞧见，命运的手支配着我的手来写这篇文字，我又有什么办法哩！

给亡妇

朱自清

　　谦，日子真快，一眨眼你已经死了三个年头了。这三年里世事不知变化了多少回，但你未必注意这些个，我知道。你第一惦记的是你几个孩子，第二便轮着我。孩子和我平分你的世界，你在日如此；你死后若还有知，想来还如此的。

　　告诉你，我夏天回家来着：迈儿长得结实极了，比我高一个头。闰儿，父亲说是最乖，可是没有先前胖了。采芷和转子都好。五儿全家夸她长得好看；却在腿上生了湿疮，整天坐在竹床上不能下来，看了怪可怜的。六儿，我怎么说好，你明白，你临终时也和母亲谈过，这孩子是只可以养着玩儿的，他左挨右挨，去年春天，到底没有挨过去。这孩子生了几个月，你的肺病就重起来了。我劝你少亲近他，只监督着老妈子照管就行。你总是忍不住，一会儿提，一会儿抱的。可是你病中为他操的那一份儿心也够瞧的。那一个夏天他病的时候多，你成天儿忙着，汤呀，药呀，冷呀，暖呀，连觉也没有好好儿睡过。哪里有一分一毫想着你自己。瞧着他硬朗点儿你就乐，干枯的笑容在黄蜡般的脸上，我只有暗中叹气而已。

从来想不到做母亲的要像你这样。从迈儿起，你总是自己喂乳，一连四个都这样。你起初不知道按钟点儿喂，后来知道了，却又弄不惯；孩子们每夜里几次将你哭醒了，特别是闷热的夏季。我瞧你的觉老没睡足。白天里还得做菜，照料孩子，很少得空儿。你的身子本来坏，四个孩子就累你七八年。到了第五个，你自己实在不成了，又没乳，只好自己喂奶粉，另雇老妈子专管她。但孩子跟老妈子睡，你就没有放过心；夜里一听见哭，就竖起耳朵听，工夫一大就得过去看。

十六年初，和你到北京来，将迈儿、转子留在家里；三年多还不能去接他们，可真把你惦记苦了。你并不常提，我却明白。你后来说你的病就是惦记出来的，那个自然也有份儿，不过大半还是养育孩子累的。

你的短短的十二年结婚生活，有十一年耗费在孩子们身上；而你一点不厌倦，有多少力量用多少，一直到自己毁灭为止。你对孩子一般儿爱，不问男的女的，大的小的。也不想到什么"养儿防老，积谷防饥"，只拼命地爱去。你对于教育老实说有些外行，孩子们只要吃得好玩得好就成了。这也难怪你，你自己便是这样长大的。况且孩子们原都还小，吃和玩本来也要紧的。你病重的时候最放不下的还是孩子。病的只剩皮包着骨头了，总不信自己不会好，老说："我死了，这一大群孩子可苦了。"后来说送你回家，你想着可以看见迈儿和转子，也愿意；你万不想到会一走不返的。我送车的时候，你忍不住哭了，说："还不知能不能再见？"可怜，你的心我知道，你满想着好好儿带着六个孩子回来见我的。谦，你那时一定这样想，一定的。

除了孩子，你心里只有我。不错，那时你父亲还在，可是你母亲死了，他另有个女人，你老早就觉得隔了一层似的。出嫁后第一年你虽还一心一意依恋着他老人家，到第二年上我和孩子可就将你的心占住，你再没有多少工夫惦记他了。

你还记得第一年我在北京，你在家里。家里来信说你待不住，常回娘家去。我动气了，马上写信责备你。你叫人写了一封复信，说家里有事，不能不回去。这是你第一次也可以说第末次的抗议，我从此就没给你写信。暑假时带了一肚子主意回去，但见了面，看你一脸笑，也就拉倒了。打这时候起，你渐渐从你父亲的怀里跑到我这儿。你换了金镯子帮助我的学费，叫我以后还你；但直到你死，我没有还你。你在我家受了许多气，又因为我家的缘故受你家里的气，你都忍着。这全为的是我，我知道。

那回我从家乡一个中学半途辞职出走。家里人讽你也走。哪里走！只得硬着头皮往你家去。那时你家像个冰窖子，你们在窖里足足住了三个月。好容易我才将你们领出来了，一同上外省去。小家庭这样组织起来了。你虽不是什么阔小姐，可也是自小娇生惯养的，做起主妇来，什么都得干一两手；你居然做下去了，而且高高兴兴地做下去了。菜照例满是你做，可是吃的都是我们，你至多夹上两三筷子就算了。你的菜做得不坏，有一位老在行大大地夸奖过你。你洗衣服也不错，夏天我的绸大褂大概总是你亲自动手。

你在家老不乐意闲着，坐前几个"月子"，老是四五天就起床，说是躺着家里事没条没理的。其实你起来也还不是没条理，咱们家那么多孩子，哪儿来条理？在浙江住的时候，逃过两回兵难，我都在北平。真亏你领着母亲和一群孩子东藏西躲的；末一回还要走多少里路，翻一道大岭。这两回差不多只靠你一个人。你不但带了母亲和孩子们，还带了我一箱箱的书；你知道我是最爱书的。在短短的十二年里，你操的心比人家一辈子还多；谦，你那样身子怎么经得住！你将我的责任一股脑儿担负了去，压死了你，我如何对得起你！

你为我的劳什子①书也费了不少神，第一回让你父亲的男佣人从家乡捎到上海去。他说了几句闲话，你气得在你父亲面前哭了。第二回是带着逃难，别人都说你傻子。你有你的想头："没有书怎么教书？况且他又爱这个玩意儿。"其实你没有晓得，那些书丢了也并不可惜，不过教你怎么晓得，我平常从来没和你谈过这些个！

总而言之，你的心是可感谢的。这十二年里你为我吃的苦真不少，可是没有过几天好日子。我们在一起住，算来也还不到五个年头。无论日子怎么坏，无论是离是合，你从来没对我发过脾气，连一句怨言也没有。——别说怨我，就是怨命也没有过。老实说，我的脾气可不大好，迁怒的事儿有的是。那些时候你往往抽噎着流眼泪，从不回嘴，也不号啕。不过我也只信得过你一个人，有些话我只和你一个人说，因为世界上只你一个人真关心我，真同情我。你不但为我吃苦，更为我分苦，我之有我现在的精神，大半是你给我培养着的。

这些年来我很少生病。但我最不耐烦生病，生了病就呻吟不绝，闹那伺候病的人。你是领教过一回的，那回只一两点钟，可是也够麻烦了。你常生病，却总不开口，挣扎着起来：一来怕搅我，二来怕没人做你那份儿事。我有一个坏脾气，怕听人生病，也是真的。后来你天天发烧，自己还以为南方带来的疟疾，一直瞒着我。明明躺着，听见我的脚步，一骨碌就坐起来。我渐渐有些奇怪，让大夫一瞧，这可糟了，你的一个肺已烂了一个大窟窿了！大夫劝你到西山去静养，你丢不下孩子，又舍不得钱；劝你在家里躺着，你也丢不下那份儿家务。越看越不行了，这才送你回去。明知凶多吉少，想不到只一个月工夫你就完了！本来盼望还见得着你，这一来可拉倒了。你也何尝想到这个？父亲告诉我，你回家独住着一所小住宅，还嫌没有客厅，怕我回去不便哪。

前年夏天回家，上你坟上去了。你睡在祖父母的下首，想来还不孤单的。只是当年祖父母的坟太小了，你正睡在圹②底下。这叫作"抗圹"，在生人看来是不安心的，等着想办法吧。那时圹上圹下密密地长着青草，朝露浸湿了我的布鞋。你刚埋了半年多，只有圹下多出一块土，别的全然看不出新坟的样子。我和隐今夏回去，本想到你的坟上来，但是因为她病了，没来成。我们想告诉你，五个孩子都好，我们一定尽心教养他们，让他们对得起死了的母亲——你！

谦，好好儿放心安睡吧，你。

注释：

① 对某种东西表示厌恶的称呼，是"玩意儿"的意思。

② 读音为 kuàng，墓穴的意思。

《云游》序

陆小曼

　　我真是说不出的悔恨为什么我以前老是懒得写东西。志摩不知逼我几次，要我同他写一点序，有两回他将笔墨都预备好，只叫随便涂几个字，可是我老是写不到几行，不是头晕即是心跳，只好对着他发愣，抬头望着他的嘴盼他吐出圣旨来我即可以立时地停笔，那时间他也只得笑着对我说："好了，好了，太太我真拿你没有办法，去耽着吧！回头又要头痛了。"走过来掷去了我的笔，扶了我就此耽下了，再也不想接续下去。我只能默默地无以相对，他也只得对我干笑，几次的张罗结果终成泡影。

　　又谁能够料到今天在你去后我才真的认真地算动笔写东西，回忆与追悔便将我的思潮模糊得无从捉摸。说也惨，这头一次的序竟成了最后的一篇，哪得叫我不一阵心酸，难道说这也是上帝早已安排定了的么？

　　不要说是写序我不知道应该如何落笔，压根儿我就不会写东西，虽然志摩说我的看东西的决断比谁都强，可是轮到自己动笔就抓瞎了。这也怪平时太懒的缘故。志摩的东西说也惭愧多半没有读过，这一件事有时使得他很生气的。也有时偶尔看一两篇，可从来也未曾夸过他半句，不管我心里是多么的叹服，多么赞美我的摩。有时他若自读自赞的，我还要骂他臭美呢。说也奇怪要是我不喜欢的东西，只要说一句"这篇不大好"，他就不肯发表。有时我问他你怪不怪我老是这样苛刻地批评你，他总说："我非但不怪你，还爱你能时常地鞭策，我不要容我有半点的'臭美'，因为只有你肯说实话，别人老是一味恭维。"话虽如此，可是有时他也怪我为什么老是好像不希罕他写的东西似的。

　　其实我也同别人一样的崇拜他，不是等他过后我才夸他，说实话他写的东西是比一般人来得俏皮。他的诗有几首真是写得像活的一样，有的字用得别提多美呢！有些神仙似的句子看了真叫人神往，叫人忘却人间有烟火气。它的体格真是高超，我真服他从什么地方想出来的。诗是没有话说不用我赞，自有公论。散文也是一样流利，有时想学也是学不来的。

但是他缺少写小说的天才，每次他老是不满意，我看了也是觉得少了点什么似的。也不知道是什么道理，我这一点浅薄的学识便说不出所以然来。

洵美叫我写摩的《云游》的序，我还不知道他这《云游》是几时写的呢！云游！可不是，他真的云游去了，这一本怕是他最后的诗集了，家里零碎的当然还有，可是不知够一本不。这些日因为成天地记忆他，只得不离手地看他的信同书，愈好当然愈是伤感，可叹奇才遭天妒，从此我再也见不着他的可爱的诗句了。

当初他写东西的时候，常常喜欢我在书桌边上捣乱，他说有时在逗笑的时间往往有绝妙的诗意不知不觉地驾临的，他的《巴黎的鳞爪》《自剖》都是在我的又小又乱的书桌上出产的。书房书桌我也不知给他预备过多少次，当然比我的又清又洁，可是他始终不肯独自静静地去写的。人家写东西，我知道是大半喜欢在人静更深时动笔的，他可不然，最喜欢在人多的地方，尤其是离不了我，除非我不在他的身旁。我是一个极懒散的人，最不知道怎样收拾东西，我书桌上是乱得连手都几乎放不下的，当然他写完的东西我是轻意也不会想着给收拾好，所以他隔夜写的诗常常次晨就不见了，嘟着嘴只好怨我几声，现在想来真是难过，因为诗意偶然得来的是不轻易来的，我不知毁了他多少首美的小诗，早知他要离开我这样的匆促，我赌咒也不那样的大意的。真可恨，为什么人们不能知道将来的一切。

我写了半天也不知道胡诌了些什么，头早已晕了，手也发抖了，心也痛了，可是没有人来掷我的笔了。四周只是寂静，房中只闻滴答的钟声，再没有志摩的"好了，好了"的声音了。写到此地不由我阵阵地心酸，人生的变态真叫人难以捉摸，一霎眼，一皱眉，一切都可以大翻身。我再也想不到我生命道上还有这一幕悲惨的剧。人生太奇怪了。

我现在居然还有同志摩写一篇序的机会，这是我早答应过他而始终没有实行的，将来我若出什么书是再也得不着他半个字了，虽然他也早已答应过我的。看起来还是他比我运气，我从此只成单独的了。

我再也写不下去了，没有人叫我停，我也只得自己停了。我眼前只是一阵阵的模糊，伤心的血泪充满着我的眼眶，再也分不清白纸黑墨。志摩的幽魂不知到底有一些回忆能力不？我若搁笔还不见持我的手！！

微神

老舍

清明已过了，大概是；海棠花不是都快开齐了吗？今年的节气自然是晚了一些，蝴蝶们还很弱；蜂儿可是一出世就那么挺拔，好像世界确是甜蜜可喜的。天上只有三四块不大也不笨重的白云，燕儿们给白云上钉小黑丁字玩呢。没有什么风，可是柳枝似乎故意地轻摆，像逗弄着四处的绿意。田中的晴绿轻轻地上了小山，因为娇弱怕累得慌，似乎是，越高绿色越浅了些；山顶上还是些黄多于绿的纹缕呢。山腰中的树，就是不绿的也显出柔嫩来，山后的蓝天也是暖和的，不然，大雁们为何唱着向那边排着队去呢？石凹藏着些怪害羞的三月兰，叶儿还赶不上花朵大。

小山的香味只能闭着眼吸取，省得劳神去找香气的来源，你看，连去年的落叶都怪好闻的。那边有几只小白山羊，叫的声儿恰巧使欣喜不至过度，因为有些悲意。偶尔走过一只来，没长犄角就留下须的小动物，向一块大石发了会儿愣，又颠颠着俏式的小尾巴跑了。

我在山坡上晒太阳，一点思念也没有，可是自然而然地从心中滴下些诗的珠子，滴在胸中的绿海上，没有声响，只有些波纹走不到腮上便散了的微笑；可是始终也没成功一整句。一个诗的宇宙里，连我自己好似只是诗的什么地方的一个小符号。

越晒越轻松，我体会出蝶翅怎样的欢欣。我搂着膝，和柳枝同一律动前后左右的微动，柳枝上每一黄绿的小叶都是听着春声的小耳勺儿。有时看看天空，啊，谢谢那块白云，它的边上还有个小燕呢，小得已经快和蓝天化在一处了，像万顷蓝光中的一粒黑痣，我的心灵像要往那儿飞似的。

远处山坡的小道，像地图上绿的省份里一条黄线。往下看，一大片麦田，地势越来越低，似乎是由山坡上往那边流动呢，直到一片暗绿的松树把它截住，很希望松林那边是个海湾。及至我立起来，往更高处走了几步，看看，不是；那边是些看不甚清的树，树中有些低矮的村舍；一阵小风吹来极细的一声鸡叫。

春晴的远处鸡声有些悲惨，使我不晓得眼前一切是真还是虚，它是梦与真实中间的一道用声音做的金线；我顿时似乎看见了个血红的鸡冠：在心中，村舍中，或是哪儿，有只——希望是雪白的——公鸡。

我又坐下了；不，随便地躺下了。眼留着个小缝收取天上的蓝光，越看越深，越高；同时也往下落着光暖的蓝点，落在我那离心不远的眼睛上。不大一会儿，我便闭上了眼，看着心内的晴空与笑意。

我没睡去，我知道已离梦境不远，但是还听得清清楚楚小鸟的相唤与轻歌。说也奇怪，每逢到似睡非睡的时候，我才看见那块地方——不晓得一定是哪里，可是在入梦以前它老是那个样儿浮在眼前。就管它叫作梦的前方吧。

这块地方并没有多大，没有山，没有海。像一个花园，可又没有清楚的界限。差不多是个不甚规则的三角，三个尖端浸在流动的黑暗里。一角上——我永远先看见它——是一片金黄与大红的花，密密层层；没有阳光，一片红黄的后面便全是黑暗，可是黑的背景使红黄更加深厚，就好像大黑瓶上画着红牡丹，深厚得至于使美中有一点点恐怖。黑暗的背景，我明白了，使红黄的一片抱住了自己的彩色，不向四外走射一点；况且没有阳光，彩色不飞入空中，而完全贴染在地上。我老先看见这块，一看见它，其余的便不看也会知道的，正好像一看见香山，准知道碧云寺在哪儿藏着呢。

其余的两角，左边是一个斜长的土坡，满盖着灰紫的野花，在不漂亮中有些深厚的力量，或者月光能使那灰的部分多一些银色而显出点诗的灵空；但是我不记得在哪儿有个小月亮。无论怎样，我也不厌恶它。不，我爱这个似乎被霜弄暗了的紫色，像年轻的母亲穿着暗紫长袍。右边的一角是最漂亮的，一处小草房，门前有一架细蔓的月季，满开着单纯的花，全是浅粉的。

设若我的眼由左向右转，灰紫，红黄，浅粉，像是由秋看到初春，时节倒流；生命不但不是由盛而衰，反倒是以玫瑰作香色双艳的结束。

三角的中间是一片绿草，深绿，软厚，微湿；每一短叶都向上挺着，似乎是听着远处的雨声。没有一点风，没有一个飞动的小虫；一个鬼艳的小世界，活着的只有颜色。

在真实的经验中，我没见过这么个境界。可是它永远存在，在我的梦前。英格兰的深绿，苏格兰的紫草小山，德国黑林的幽晦，或者是它的祖先们，但是谁准知道呢。从赤道附近的浓艳中减去阳光，也有点像它，但是它又没有虹样的蛇与五彩的禽，算了吧，反正我认识它。

我看见它多少多少次了。它和"山高月小，水落石出"是我心中的一对画屏。可是我没到那个小房里去过。我不是被那些颜色吸引得不动一动，便是由它的草地上恍惚地走入另种色彩的梦境。它是我常遇到的朋友，彼此连姓名都晓得，只是没细细谈过心。我不晓得它的中心是什么颜色的，是含着一点什么神秘的音乐——真希望有点响动！

这次我决定了去探险。

一想就到了月季花下，或也许因为怕听我自己的足音？月季花对于我是有些端阳前后的暗示，我希望在哪儿贴着张深黄纸，印着个朱红的判官，在两束香艾的中间。没有。只在我心中听见了声"樱桃"的吆喝。这个地方是太静了。

小房子的门闭着，窗上门上都挡着牙白的帘儿，并没有花影，因为阳光不足。里边什么动静也没有，好像它是寂寞的发源地。轻轻地推开门，静寂与整洁双双地欢迎我进去，是，欢迎我；室中的一切是"人"的，假如外面景物是"鬼"的——希望我没用上过于强烈的字。

一大间，用幔帐截成一大一小的两间。幔帐也是牙白的，上面绣着些小蝴蝶。外间只有一条长案，一个小椭圆桌儿，一把椅子，全是暗草色的，没有油饰过。椅上的小垫是浅绿的，桌上有几本书。案上有一盆小松，两方古铜镜，锈色比小松浅些。内间有一个小床，罩着一块快垂到地上的绿毯。床首悬着一个小篮，有些快干的茉莉花。地上铺着一块长方的蒲垫，垫的旁边放着一双绣白花的小绿拖鞋。

我的心跳起来了！我决不是入了济慈①的复杂而光灿的诗境；平淡朴美是此处的音调，也不是辜勒律芝②的幻景，因为我认识那只绣着白花的小绿拖鞋。

爱情的故事往往是平凡的，正如春雨秋霜那样平凡。可是平凡的人们偏爱在这些平凡的事中找些诗意；那么，想必是世界上多数的事物是更缺乏色彩的；可怜的人们！希望我的故事也有些应有的趣味吧。

没有像那一回那么美的了。我说"那一回"，因为在那一天那一会儿的一切都是美的。她家中的那株海棠花正开成一个大粉白的雪球；沿墙的细竹刚拔出新笋；天上一片娇晴；她的父母都没在家；大白猫在花下酣睡。听见我来了，她像燕儿似的从帘下飞出来；没顾得换鞋，脚下一双小绿拖鞋像两片嫩绿的叶儿。她喜欢得像清早的阳光，腮上的两片苹果比往常红着许多倍，似乎有两颗香红的心在脸上开了两个小井，溢着红润的胭脂泉。那时她还梳着长黑辫。

她父母在家的时候，她只能隔着窗儿望我一望，或是设法在我走去的时节，和我笑一笑。这一次，她就像一个小猫遇上了个好玩的伴儿；我一向不晓得她"能"这样的活泼。在一同往屋中走的工夫，她的肩挨上了我的。我们都才十七岁。我们都没说什么，可是四只眼彼此告诉我们是欣喜到万分。我最爱看她家壁上那张工笔百鸟朝凤；这次，我的眼匀不出工夫来。我看着那双小绿拖鞋；她往后收了收脚，连耳根儿都有点红了；可是仍然笑着。我想问她的功课，没问；想问新生的小猫有全白的没有，没问；心中的问题多了，只是口被一种什么力量给封起来，我知道她也是如此，因为看见她的白润的脖儿直微微地动，似乎要将些不相干的言语咽下去，而真值得一说的又不好意思说。

她在临窗的一个小红木凳上坐着，海棠花影在她半个脸上微动。有时候她微向窗外看看，大概是怕有人进来。及至看清了没人，她脸上的花影都被欢悦给浸渍得红艳了。她的两手交换着轻轻地摸小凳的沿，显着不耐烦，可是欢喜的不耐烦。最后，她深深地看了我一眼，极不愿意而又不得不说地说，"走吧！"我自己已忘了自己，只看见，不是听见，两个什么字由她的口中出来？可是在心的深处猜对那两个字的意思，因为我也有点那样的关切。我的心不愿动，我的脑知道非走不可。我的眼盯住了她的。她要低头，还没低下去，便又勇敢地抬起来，故意地，不怕地，羞而不肯羞地，迎着我的眼。直到不约而同地垂下头去，又不约而同地抬起来，又那么看。心似乎已碰着心。

我走，极慢地，她送我到帘外，眼上蒙了一层露水。我走到二门，回了回头，她已赶到海棠花下。我像一个羽毛似的飘荡出去。

以后，再没有这种机会。

有一次，她家中落了，并不使人十分悲伤的丧事。在灯光下我和她说了两句话。她穿着一身孝衣。手放在胸前，摆弄着孝衣的扣带。站得离我很近，几乎能彼此听得见脸上热力的激射，像雨后的禾谷那样带着声儿生长。可是，只说了两句极没有意思的话——口与舌的一些动作：我们的心并没管它们。

我们都二十二岁了，可是五四运动还没降生呢。男女的交际还不是普通的事。我毕业后便做了小学的校长，平生最大的光荣，因为她给了我一封贺信。信笺的末尾——印着一枝梅花——她注了一行：不要回信。我也就没敢写回信。可是我好像心中燃着一束火把，无所不尽其极地整顿学校。我拿办好了学校作为给她的回信；她也在我的梦中给我鼓着得胜的掌——那一对连腕也是玉的手！

提婚是不能想的事。许多许多无意识而有力量的阻碍，像个专以力气自雄的恶虎，站在我们中间。

有一件足以自慰的，我那系着心的耳朵始终没听到她的定婚消息。还有件比这更好的，我兼任了一个平民学校的校长，她担任着一点功课。我只希望能时时见到她，不求别的。她呢，她知道怎么躲避我——已经是个二十多岁的大姑娘。她失去了十七八岁时的天真与活泼，可是增加了女子的尊严与神秘。

又过了二年，我上了南洋。到她家辞行的那天，她恰巧没在家。

在外国的几年中，我无从打听她的消息。直接通信是不可能的。间接探问，又不好意思。只好在梦里相会了。说也奇怪，我在梦中的女性永远是"她"。梦境的不同使我有时悲泣，有时狂喜；恋的幻境里也自有种味道。她，在我的梦中，还是十七岁时的样子：小圆脸，眉眼清秀中带着一点媚意。身量不高！处处都那么柔软，走路非常地轻巧。那一条长黑的发辫，造成最动心的一个背影。我也记得她梳起头来的样儿，但是我总梦见那带辫的背影。

回国后，自然先探听她的一切。一切消息都像谣言，她已做了暗娼！就是这种刺心的消息，也没减少我的情热；不，我反倒更想见她，更想帮助她。我到她家去。已不在那里住，我只由墙外看见那株海棠树的一部分。房子早已卖掉了。

到底我找到她了。她已剪了发，向后梳拢着，在项部有个大绿梳子。穿着一件粉红长袍，袖子仅到肘部，那双臂，已不是那么活软的了。脸上的粉很厚，脑门和眼角都有些褶子。可是她还笑得很好看，虽然一点活泼的气象也没有了。设若把粉和油都去掉，她大概最好也只像个产后的病妇。她始终没正眼看我一次，虽然脸上并没有羞愧的样子，她也说也笑，只是心没在话与笑中，好像完全应酬我。我试着探问她些问题与经济状况，她不大愿意回答。她点着一支香烟，烟很灵通地从鼻孔出来，她把左膝放在右膝上，仰着头看烟的升降变化，极无聊而又显着刚强。我的眼湿了，她不会看不见我的泪，可是她没有任何表示。她不住地看自己的手指甲，又轻轻地向后按头发，似乎她只是为它们活着呢。提到家中的人，她什么也没告诉我。我只好走吧。临出来的时候，我把住址告诉给她——深愿她求我，或是命令我，做点事。她似乎根本没往心里听，一笑，眼看看别处，没有往外送我的意思。她以为我是出去了，其实我是立在门口没动，这么着，她一回头，我们对了眼光。只是那么一擦似的她转过头去。

初恋是青春的第一朵花，不能随便掷弃。我托人给她送了点钱去。留下了，并没有回话。

朋友们看出我的悲苦来，眉头是最会卖人的。她们善意地给我介绍女友，惨笑地摇首是我的回答。我得等着她。初恋像幼年的宝贝永远是最甜蜜的，不管那个宝贝是一个小布人，还是几块小石子。慢慢地，我开始和几个最知己的朋友谈论她，他们看在我的面上没说她什么，可是假装闹着玩似的暗刺我，他们看我太愚，也就是说她不配一恋。他们越这样，我越坚固。是她打开了我的爱的园门，我得和她走到山穷水尽。怜比爱少些味道，可是更多着些人情。不久，我托友人向她说明，我愿意娶她。我自己没胆量去。友人回来，带回来她的几声狂笑。她没说别的，只狂笑了一阵。她是笑谁？

笑我的愚，很好，多情的人不是每每有些傻气吗？这足以使人得意。笑她自己，那只是因为不好意思哭，过度的悲郁使人狂笑。

愚痴给我些力量，我决定自己去见她，要说的话都详细地编制好，演习了许多次，我告诉自己——只许胜，不许败。她没在家。又去了两次，都没见着。第四次去，屋门里停着小小的一口薄棺材，装着她。她是因打胎而死。

一篮最鲜的玫瑰，瓣上带着我心上的泪，放在她的灵前，结束了我的初恋，开始终生的虚空。为什么她落到这般光景？我不愿再打听。反正她在我心中永远不死。

我正呆看着那小绿拖鞋，我觉得背后的幔帐动了一动。一回头，帐子上绣的小蝴蝶在她的头上飞动呢。她还是十七八岁时的模样，还是那么轻巧，像仙女飞降下来还没十分立稳那样立着。我往后退了一步，似乎是怕一往前凑就能把她吓跑。这一退的工夫，她变了，变成二十多岁的样子。她也往后退了，随退随着脸上加着皱纹。她狂笑起来。我坐在那个小床上。刚坐下，我又起来了，扑过她去，极快；她在这极短的时间内，又变回十七岁时的样子。在一秒钟里我看见她半生的变化，她像是不受时间的拘束。我坐在椅子上，她坐在我的怀中。我自己也恢复了十五六年前脸血的红色，我觉得出。我们就这样坐着，听着彼此心血的潮荡。不知有多么久。最后，我找到音声，唇贴着她的耳边，问：

"你独自住在这里？"

"我不住在这里；我住在这儿，"她指着我的心说。

"始终你没忘了我，那么？"我握紧了她的手。

"被别人吻的时候，我心中看着你！"

"可是你许别人吻你？"我并没有一点妒意。

"爱在心里，唇不会闲着；谁叫你不来吻我呢？"

"我不是怕得罪你的父母吗？不是我上了南洋吗？"

她点了点头，"惧怕使你失去一切，隔离使爱的心荒了。"

她告诉了我，她死前的光景。在我出国的那一年，她的母亲死去。她比较得自由了一些。出墙的花枝自会招来蜂蝶，有人便追求她。她还想念着我，可是肉体往往比爱少些忍耐力，爱的花不都是梅花。她接受了一个青年的爱，因为他长得像我。他非常地爱她，可是她还忘不了我，肉体的获得不就是爱的满足，相似的音貌不能代替爱的真形。他疑心了，她承认了她的心是在南洋。他们俩断绝了关系。这时候，她父亲的财产全丢了。她非嫁人不可。她把自己卖给一个阔家公子，为是供给她的父亲。

"你不会去教学挣钱？"我问。

"我只能教小学，那点薪水还不够父亲买烟吃的！"

我们俩都愣起来。我是想：假使我那时候回来，以我的经济能力说，能供给得起她的父亲吗？我还不是大睁白眼地看着她卖身？

"我把爱藏在心中，"她说，"拿肉体挣来的茶饭营养着它。我深恐肉体死了，爱便不存在，其实我是错了；先不用说这个吧。他非常地妒忌，永远跟着我，无论我是干什么。上哪儿去，他老随着我。他找不出我的破绽来，可是觉得出我是不爱他。慢慢地，他由讨厌变为公开地辱骂我，甚至于打我，他逼得我没法不承认我的心是另有所寄。忍无可忍也就顾不及饭碗问题了。他把我赶出来，连一件长衫也没给我留。我呢，父亲照样和我要钱，我自己得吃得穿，而且我一向吃好的穿好的惯了。为满足肉体，还得利用肉体，身体是现成的本钱。凡给我钱的便买去我点筋肉的笑。我很会笑：我照着镜子练习那迷人的笑。环境的不同使人作退一步想，这样零卖，倒是比终日叫那一个阔公子管着强一些。在街上，有多少人指着我的后影叹气，可是我到底是自由的，有时候我与些打扮得不漂亮的女子遇上，我也有些得意。我一共打过四次胎，但是创痛过去便又笑了。

"最初，我颇有一些名气，因为我既是做过富宅的玩物，又能识几个字，新派旧派的人都愿来照顾我。我没工夫去思想，甚至于不想积蓄一点钱，我完全为我的服装香粉活着。今天的漂亮是今天的生活，明天自有明天管照着自己，身体的疲倦，只管眼前的刺激，不顾将来。不久，这种生活也不能维持了。父亲的烟是无底的深坑。打胎需要许多花费。以前不想剩钱；钱自然不会自己剩下。我连一点无聊的傲气也不敢存了。我得极下贱地去找钱了，有时是明抢。有人指着我的后影叹气，我也回头向他笑一笑了。打一次胎增加两三岁。镜子是不欺人的，我已老丑了。疯狂足以补足衰老。我尽着肉体的所能伺候人们，不然，我没有生意。我敞着门睡着，我是大家的，不是我自己的。一天廿四小时，什么时间也可以买我的身体。我消失在欲海里。在清醒的世界中我并不存在。我看着人们在我身上狂动，我的手指算计着钱数。我不思想，只是盘算——怎能多进五毛钱。我不哭，哭不好看。只为钱着急，不管我自己。"

她休息了一会儿，我的泪已滴湿她的衣襟。

"你回来了！"她继续着说，"你也三十多了；我记得你是十七岁的小学生。你的眼已不是那年——多少年了？——看我那双绿拖鞋的眼。可是，你，多少还是你自己，我，早已死了。你可以继续做那初恋的梦，我已无梦可做。我始终一点也不怀疑，我知道你要是回来，必定要我。及至见着你，我自己已找不到我自己，拿什么给你呢？你没回来的时候，我永远不拒绝，不论是对谁说，我是爱你；你回来了，我只好狂笑。单等我落到这样，你才回来，这不是有意戏弄人？假如你永远不回来，我老有个南洋做我的梦景，你老有个我在你的心中，岂不很美？你偏偏地回来了，而且回来这样迟——"

　　"可是来迟了并不就是来不及了。"我插了一句。

　　"晚了就是来不及了。我杀了自己。"

　　"什么？"

　　"我杀了我自己。我命定的只能住在你心中，生存在一首诗里，生死有什么区别？在打胎的时候我自己下了手。有你在我左右，我没法子再笑。不笑，我怎么挣钱？只有一条路，名字叫死。你回来迟了，我别再死迟了：我再晚死一会儿，我便连住在你心中的希望也没有了。我住在这里，这里便是你的心。这里没有阳光，没有声响，只有一些颜色。颜色是更持久的，颜色画成咱们的记忆。看那双小鞋，绿的，是点颜色，你我永远认识它们。"

"但是我也记得那双脚。许我看看吗？"

她笑了，摇摇头。

我很坚决，我握住她的脚，扯下她的袜，露出没有肉的一支白脚骨。

"去吧！"她推了我一把，"从此你我无缘再见了！我愿住在你的心中，现在不行了；我愿在你心中永远是青春。"

太阳已往西斜去；风大了些，也凉了些，东方有些黑云。春光在一个梦中惨淡了许多。我立起来，又看见那片暗绿的松树。立了不知有多久。远处来了些蠕动的小人，随着一些听不甚真的音乐。越来越近了，田中惊起许多白翅的鸟，哀鸣着向山这边飞。我看清了，一群人们匆匆地走，带起一些灰土。三五鼓手在前，几个白衣的在后，最后是一口棺材。春天也要埋人的。撒起一把纸钱，蝴蝶似的落在麦田上。东方的黑云更厚了，柳条的绿色加深了许多，绿得有些凄惨。心中茫然，只想起那双小绿拖鞋，像两片树叶在永生的树上做着春梦。

注释:

① 约翰·济慈（1795—1821），杰出的英诗作家之一，也是英国浪漫派的主要成员。

② 塞缪尔·泰勒·柯勒律治（1772—1834），英国诗人、文学批评家，英国浪漫主义文学的奠基人之一。

蛛丝与梅花

林徽因

　　真真地就是那么两根蛛丝，由门框边轻轻地牵到一枝梅花上。就是那么两根细丝，迎着太阳光发亮……再多了，那还像样么？一个摩登家庭如何能容蛛网在光天白日里作怪，管它有多美丽，多玄妙，多细致，够你对着它联想到一切自然、造物的神工和不可思议处；这两根丝本来就该使人脸红，且在冬天够多特别！可是亮亮的，细细的，倒有点像银，也有点像玻璃制的细丝，委实不算讨厌，尤其是它们那么潇脱风雅，偏偏那样有意无意地斜着搭在梅花的枝梢上。

　　你向着那丝看，冬天的太阳照满了屋内，窗明几净，每朵含苞的、开透的、半开的梅花在那里挺秀吐香，情绪不禁迷茫缥缈地充溢心胸，在那刹那的时间中振荡。同蛛丝一样的细弱，和不必需，思想开始抛引出去：由过去牵到将来，意识的，非意识的，由门框梅花牵出宇宙，浮云沧波踪迹不定。是人性，艺术，还是哲学，你也无暇计较，你不能制止你情绪的充溢，思想的驰骋，蛛丝梅花竟然是瞬息可以千里！

好比你是蜘蛛，你的周围也有你自织的蛛网，细致地牵引着天地，不怕多少次风雨来吹断它，你不会停止了这生命上基本的活动。此刻"……一枝斜好，幽香不知其处，……"

拿梅花来说吧，一串串丹红的结蕊缀在秀劲的傲骨上，最可爱，最可赏，等半绽将开地错落在老枝上时，你便会心跳！梅花最怕开；开了便没话说。索性残了，沁香拂散同夜里炉火都能成了一种温存的凄清。

记起了，也就是说到梅花、玉兰。初是有个朋友说起初恋时玉兰刚开完，天气每天的暖，住在湖旁，每夜跑到湖边林子里走路，又静坐幽僻石上看隔岸灯火，感到好像仅有如此虔诚地孤对一片泓碧寒星远市，才能把心里情绪抓紧了，放在最可靠最纯净的一撮思想里，始不至亵渎了或是惊着那"瘩寐思服"的人儿。那是极年轻的男子初恋的情景——对象渺茫高远，反而近求"自我的"郁结深浅——他问起少女的情绪。

就在这里，忽记起梅花。一枝两枝，老枝细枝，横着，虬着，描着影子，喷着细香；太阳淡淡金色地铺在地板上；四壁琳琅，书架上的书和书签都像在发出言语；墙上小对联记不得是谁的集句；中条是东坡的诗。你敛住气，简直不敢喘息，踮起脚，细小的身形嵌在书房中间，看残照当窗，花影摇曳，你像失落了什么，有点迷惘。又像"怪东风着意相寻"，有点儿没主意！浪漫，极端的浪漫。"飞花满地谁为扫？"[①]你问，情绪风似的吹动，卷过，停留在惜花上面。再回头看看，花依旧嫣然不语。"如此娉婷，谁人解看花意"，你更沉默，几乎热情地感到花的寂寞，开始怜花，把同情统统诗意地交给了花心！

这不是初恋，是未恋，正自觉"解看花意"的时代。情绪的不同，不止是男子和女子有分别，东方和西方也甚有差异。情绪即使根本相同，情绪的象征，情绪所寄托，所栖止的事物却常常不同。水和星子同西方情绪的联系，早就成了习惯。一颗星子在蓝天里闪，一流冷涧倾泻一片幽愁的平静，便激起他们诗情的波涌，心里甜蜜地，热情地便唱着由那些鹅羽的笔锋散下来的"她的眼如同星子在暮天里闪"，或是"明丽如同单独的那颗星，照着晚来的天"，或"多少次了，在一流碧水旁边，忧愁倚下她低垂的脸"。

惜花，解花太东方，亲昵自然，含着人性的细致是东方传统的情绪。

此外年龄还有尺寸，一样是愁，却跃跃似喜，十六岁时的，微风零乱，不颓废，不空虚，踏着理想的脚充满希望，东方和西方却一样。人老了脉脉烟雨，愁吟或牢骚多折损诗的活泼。大家如香山，稼轩，东坡，放翁②的白发华发，很少不梗在诗里，至少是令人不快。话说远了，刚说是惜花，东方老少都免不了这嗜好，这倒不论老的雪鬓曳杖，深闺里也就攒眉千度。

最叫人惜的花是海棠一类的"春红"，那样娇嫩明艳，开过了残红满地，太招惹同情和伤感。但在西方即使也有我们同样的花，也还缺乏我们的廊庑庭院。有了"庭院深深深几许"③才有一种庭院里特有的情绪。如果李易安的"斜风细雨"④底下不是"重门须闭"也就不"萧条"得那样深沉可爱；李后主的"终日谁来"⑤也一样的别有寂寞滋味。看花更须庭院，深深锁在里面认识，不时还得有轩窗栏杆，给你一点凭借，虽然也用不着十二栏杆倚遍，那么惝弱无聊。

当然旧诗里伤愁太多：一首诗竟像一张美的证券，可以照着市价去兑现！所以庭花，乱红，黄昏，寂寞太滥，时常失却诚实。西洋诗，恋爱总站在前头，或是"忘掉"或是"记起"，月是为爱，花也是为爱，只使全是真情，也未尝不太腻味。就以两边好的来讲，拿他们的月光同我们的月色比，似乎是月色滋味深长得多。花更不用说了；我们的花"不是预备采下缀成花球，或花冠献给恋人的"，却是一树一树绰约的，个性的，自己立在情人的地位上接受恋歌的。

所以未恋时的对象最自然的是花，不是因为花而起的感慨——十六岁时无所谓感慨——仅是刚说过的自觉解花的情绪。寄托在那清丽无语的上边，你心折它绝韵孤高，你为花动了感情，实说你同花恋爱，也未尝不可——那惊讶狂喜也不减于初恋。还有那凝望，那沉思……

一根蛛丝！记忆也同一根蛛丝，搭在梅花上就由梅花枝上牵引出去，虽未织成密网，这诗意的前后，也就是相隔十几年的情绪的联络。

午后的阳光仍然斜照，庭院阒然，离离疏影，房里窗棂和梅花依然伴和成为图案，两根蛛丝在冬天还可以算为奇迹，你望着它看，真有点像银，也有点像玻璃，偏偏那么斜挂在梅花的枝梢上。

注释：

① 出自宋代词人陈允平所作的《垂杨》，全词为："银屏梦觉。渐浅黄嫩绿，一声莺小。细雨轻尘，建章初闭东风悄。依然千树长安道。翠云锁、玉窗深窈。断桥人、空倚斜阳，带旧愁多少。还是清明过了。任烟缕露条，碧纤青袅。恨隔天涯，几回惆怅苏堤晓。飞花满地谁为扫。甚薄幸、随波缥缈。纵啼鹃、不唤春归，人自老。"

② 分别为白居易、辛弃疾、苏轼和陆游。

③ 出自北宋词人"欧阳修所作的《蝶恋花·庭院深深深几许》，全词为："庭院深深深几许，杨柳堆烟，帘幕无重数。玉勒雕鞍游冶处，楼高不见章台路。雨横风狂三月暮，门掩黄昏，无计留春住。泪眼问花花不语，乱红飞过秋千去。"

④ 出自宋代词人李清照所作的《念奴娇·萧条庭院》，全词为："萧条庭院，又斜风细雨，重门须闭。宠柳娇花寒食近，种种恼人天气。险韵诗成，扶头酒醒，别是闲滋味。征鸿过尽，万千心事难寄。楼上几日春寒，帘垂四面，玉阑干慵倚。被冷香消新梦觉，不许愁人不起。清露晨流，新桐初引，多少游春意。日高烟敛，更看今

日晴未。"

⑤ 出自南唐后主李煜所作的《浪淘沙·往事只堪哀》，
全词为："往事只堪哀，对景难排。秋风庭院藓侵阶。
一任珠帘闲不卷，终日谁来！金锁已沉埋，壮气蒿莱。
晚凉天净月华开。想得玉楼瑶殿影，空照秦淮。"

春风沉醉的晚上

郁达夫

一

在沪上闲居了半年，因为失业的结果，我的寓所迁移了三处。最初我住在静安寺路南的一间同鸟笼似的永也没有太阳晒着的自由的监房里。这些自由的监房的住民，除了几个同强盗小窃一样的凶恶裁缝之外，都是些可怜的无名文士，我当时所以送了那地方一个 Yellow Grub Street [①]的称号。在这 Grub Street 里住了一个月，房租忽涨了价，我就不得不拖了几本破书，搬上跑马厅附近一家相识的栈房里去。后来在这栈房里又受了种种逼迫，不得不搬了，我便在外白渡桥北岸的邓脱路中间，日新里对面的贫民窟里，寻了一间小小的房间，迁移了过去。

邓脱路的这几排房子,从地上量到屋顶,只有一丈几尺高。我住的楼上的那间房间,更是矮小得不堪。若站在楼板上伸一伸懒腰,两只手就要把灰黑的屋顶穿通的。从前面的弄里踱进了那房子的门,便是房主的住房。在破布,洋铁罐,玻璃瓶,旧铁器堆满的中间,侧着身子走进两步,就有一张中间有几根横档跌落的梯子靠墙摆在那里。用了这张梯子往上面的黑黝黝的一个二尺宽的洞里一接,即能走上楼去。黑沉沉的这层楼上,本来只有猫额那样大,房主人却把它隔成了两间小房,外面一间是一个 N 烟公司的女工住在那里,我所租的是梯子口头的那间小房,因为外间的住者要从我的房里出入,所以我的每月的房租要比外间的便宜几角小洋。

我的房主,是一个五十来岁的弯腰老人。他的脸上的青黄色里,映射着一层暗黑的油光。两只眼睛是一只大一只小,颧骨很高,额上颊上的几条皱纹里满砌着煤灰,好像每天早晨洗也洗不掉的样子。他每日于八九点钟的时候起来,咳嗽一阵,便挑了一双竹篮出去,到午后的三四点钟总仍旧是挑了一双空篮回来的;有时挑了满担回来的时候,他的竹篮里便是那些破布,破铁器,玻璃瓶之类。像这样的晚上,他必要去买些酒来喝喝,一个人坐在床沿上瞎骂出许多不可捉摸的话来。

　　我与间壁的同寓者的第一次相遇，是在搬来的那天午后。春天的急景已经快晚了的五点钟的时候，我点了一支蜡烛，在那里安放几本刚从栈房里搬过来的破书。先把它们叠成了两方堆，一堆小些，一堆大些，然后把两个二尺长的装画的画架覆在大一点的那堆书上。因为我的器具都卖完了，这一堆书和画架白天要当写字台，晚上可当床睡的。摆好了画架的板，我就朝着了这张由书叠成的桌子，坐在小一点的那堆书上吸烟，我的背系朝着梯子的接口的。我一边吸烟，一边在那里呆看放在桌上的蜡烛火，忽而听见梯子口上起了响动，回头一看，我只见了一个自家②的扩大的投射影子，此外什么也辨不出来，但我的听觉分明告诉我说："有人上来了。"我向暗中凝视了几秒钟，一个圆形灰白的面貌，半截纤细的女人的身体，方才映到我的眼帘上来。一见了她的容貌，我就知道她是我的间壁的同居者了。因为我来找房子的时候，那房主的老人便告诉我说，这屋里除了他一个人外，楼上只住着一个女工。我一则喜欢房价的便宜，二则喜欢这屋里没有别的女人小孩，所以立刻就租定了的。等她走上了梯子，我才站起来对她点了点头说：

"对不起，我是今朝才搬来的，以后要请你照应。"

她听了我这话，也并不回答，放了一双漆黑的大眼，对我深深地看了一眼，就走上她的门口去开了锁，进房去了。我与她不过这样地见了一面，不晓是什么原因，我只觉得她是一个可怜的女子。她的高高的鼻梁，灰白长圆的面貌，清瘦不高的身体，好像都是表明她是可怜的特征，但是当时正为了生活问题在那里操心的我，也无暇去怜惜这还未曾失业的女工，过了几分钟我又动也不动地坐在那一小堆书上看蜡烛光了。

在这贫民窟里过了一个多礼拜，她每天早晨七点钟去上工和午后六点多钟下工回来，总只见我呆呆地对着了蜡烛或油灯坐在那堆书上。大约她的好奇心被我那痴不痴呆不呆的态度挑动了吧，有一天她下了工走上楼来的时候，我依旧和第一天一样地站起来让她过去。她走到了我的身边忽而停住了脚，看了我一眼，吞吞吐吐好像怕什么似的问我说：

"你天天在这里看的是什么书？"

（她操的是柔和的苏州音，听了这一种声音以后的感觉，是怎么也写不出来的，所以我只能把她的言语译成普通的白话。）

我听了她的话，反而脸上涨红了。因为我天天呆坐在那里，面前虽则有几本外国书摊着，其实我的脑筋昏乱得很，就是一行一句也看不进去。有时候我只用了想象在书的上一行与下一行中间的空白里，填些奇异的模型进去。有时候我只把书里边的插画翻开来看看，就了那些插画演绎些不近人情的幻想出来。我那时候的身体因为失眠与营养不良的结果，实际上已经成了病的状态了。况且又因为我的唯一的财产的一件棉袍子已经破得不堪，白天不能走出外面去散步，和房里全没有光线进来，不论白天晚上，都要点着油灯或蜡烛的缘故，非但我的全部健康不如常人，就是我的眼睛和脚力，也局部地非常萎缩了。在这样状态下的我，听了她这一问，如何能够不红起脸来呢？所以我只是含含糊糊地回答说：

　　"我并不在看书，不过什么也不做呆坐在这里，样子一定不好看，所以把这几本书摊放着的。"

　　她听了这话，又深深地看了我一眼，作了一种不解的形容，依旧地走到她的房里去了。

　　那几天里，若说我完全什么事情也不去找，什么事情也不曾干，却是假的。有时候，我的脑筋稍微清新一点下来，也曾译过几首英法的小诗，和几篇不满四千字的德国的短篇小说，于晚上大家睡熟的时候，不声不响地出去投邮，寄投给各新开的书局。因为当时我的各方面就职的希望，早已经完全断绝了，只有这一方面，还能靠了我的枯燥的脑筋，想想法子看。万一中了他们编辑先生的意，把我译的东西登了出来，也不难得着几块钱的酬报。所以我自迁移到邓脱路以后，当她第一次同我讲话的时候，这样的译稿已经发出了三四次了。

二

在乱昏昏的上海租界里住着，四季的变迁和日子的过去是不容易觉得的。我搬到了邓脱路的贫民窟之后，只觉得身上穿在那里的那件破棉袍子一天一天地重了起来，热了起来，所以我心里想：

"大约春光也已经老透了吧！"

但是囊中很羞涩的我，也不能上什么地方去旅行一次，日夜只是在那暗室的灯光下呆坐。在一天大约是午后了，我也是这样地坐在那里，间壁的同住者忽而手里拿了两包用纸包好的物件走了上来，我站起来让她走的时候，她把手里的纸包放了一包在我的书桌上说：

"这一包是葡萄浆的面包，请你收藏着，明天好吃的。另外我还有一包香蕉买在这里，请你到我房里来一道吃吧！"

我替她拿住了纸包，她就开了门邀我进她的房里去。共住了这十几天，她好像已经信用我是一个忠厚的人的样子。我见她初见我的时候脸上流露出来的那一种疑惧的形容完全没有了。我进了她的房里，才知道天还未暗，因为她的房里有一扇朝南的窗，太阳反射的光线从这窗里投射进来，照见了小小的一间房，由二条板铺成的一张床，一张黑漆的半桌，一只板箱，和一条圆凳。床上虽则没有帐子，但堆着有二条洁净的青布被褥。半桌上有一只小洋铁箱摆在那里，大约是她的梳头器具，洋铁箱上已经有许多油污的点子了。她一边把堆在圆凳上的几件半旧的洋布棉袄、粗布裤等收在床上，一边就让我坐下。我看了她那殷勤待我的样子，心里倒不好意思起来，所以就对她说：

"我们本来住在一处，何必这样的客气。"

"我并不客气，但是你每天当我回来的时候，总站起来让我，我却觉得对不起得很。"

这样地说着，她就把一包香蕉打开来让我吃。她自家也拿了一只，在床上坐下，一边吃一边问我说：

　　"你何以只住在家里，不出去找点事情做做？"

　　"我原是这样地想，但是找来找去总找不着事情。"

　　"你有朋友吗？"

　　"朋友是有的，但是到了这样的时候，他们都不和我来往了。"

　　"你进过学堂吗？"

　　"我在外国的学堂里曾经念过几年书。"

　　"你家在什么地方？何以不回家去？"

　　她问到了这里，我忽而感觉到我自己的现状了。因为自去年以来，我只是一日一日地萎靡下去，差不多把"我是什么人""我现在所处的是怎么一种境遇""我的心里还是悲还是喜"这些观念都忘掉了。经她这一问，我重新把半年来困苦的情形一层一层地想了出来。所以听她的问话以后，我只是呆呆地看她，半晌说不出话来。她看了我这个样子，以为我也是一个无家可归的流浪人，脸上就立时起了一种孤寂的表情，微微地叹着说：

　　"唉！你也是同我一样的么？"

微微地叹了一声之后，她就不说话了。我看她的眼圈上有些潮红起来，所以就想了一个另外的问题问她说：

　　"你在工厂里做的是什么工作？"

　　"是包纸烟的。"

　　"一天做几个钟头工？"

　　"早晨七点钟起，晚上六点钟止，中午休息一个钟头，每天一共要做十个钟头的工。少做一点钟就要扣钱的。"

　　"扣多少钱？"

　　"每月九块钱，所以是三块钱十天，三分大洋一个钟头。"

　　"饭钱多少？"

　　"四块钱一月。"

　　"这样算起来，每月一个钟头也不休息，除了饭钱，可省下五块钱来。够你付房钱买衣服的么？"

　　"哪里够呢！并且那管理人又……啊啊！……我……我所以非常恨工厂的。你吃烟的么？"

　　"吃的。"

　　"我劝你顶好还是不吃。就吃也不要去吃我们工厂的烟。我真恨死它在这里。"

　　我看看她那一种切齿怨恨的样子，就不愿意再说下去。

把手里捏着的半个吃剩的香蕉咬了几口，向四边一看，觉得她的房里也有些灰黑了，我站起来道了谢，就走回到了我自己的房里。她大约做工倦了的缘故，每天回来大概是马上就入睡的，只有这一晚上，她在房里好像是直到半夜还没有就寝。从这一回之后，她每天回来，总和我说几句话。我从她自家的口里听得，知道她姓陈，名叫二妹，是苏州东乡人，从小系在上海乡下长大的。她父亲也是纸烟工厂的工人，但是去年秋天死了。她本来和她父亲同住在那间房里，每天同上工厂去的，现在却只剩了她一个人了。她父亲死后的一个多月，她早晨上工厂去也一路哭了去，晚上回来也一路哭了回来的。她今年十七岁，也无兄弟姊妹，也无近亲的亲戚。她父亲死后的葬殓等事，是他于未死之前把十五块钱交给楼下的老人，托这老人包办的。她说：

"楼下的老人倒是一个好人，对我从来没有起过坏心，所以我得同父亲在日一样地去做工；不过工厂的一个姓李的管理人却坏得很，知道我父亲死了，就天天的想戏弄我。"

她自家和她父亲的身世，我差不多全知道了，但她母亲是如何的一个人，死了呢还是活在哪里，假使还活着，住在什么地方等等，她却从来还没有说及过。

三

　　天气好像变了。几日来我那独有的世界，黑暗的小房里的腐浊的空气，同蒸笼里的蒸气一样，蒸得人头昏欲晕。我每年在春夏之交要发的神经衰弱的重症，遇了这样的气候，就要使我变成半狂。所以我这几天来，到了晚上，等马路上人静之后，也常常走出去散步去。一个人在马路上从狭隘的深蓝天空里看看群星，慢慢地向前行走，一边作些漫无涯涘的空想，倒是于我的身体很有利益。当这样的无可奈何，春风沉醉的晚上，我每要在各处乱走，走到天将明的时候才回家里。我这样地走倦了回去就睡，一睡直可睡到第二天的日中，有几次竟要睡到二妹下工回来的前后方才起来。睡眠一足，我的健康状态也渐渐地回复起来了。平时只能消化半磅面包的我的胃部，自从我的深夜游行的练习开始之后，进步得几乎能容纳面包一磅了。这事在经济上虽则是一大打击，但我的脑筋，受了这些滋养，似乎比从前稍能统一。我于游行回来之后，就睡之前，却作成了几篇 Allan Poe [③] 式的短篇小说，自家看看，也不很坏。我改了几次，抄了几次，一一投邮寄出之后，心里虽然起了些微细的希望，但是想想前几回的译稿的绝无消息，过了几天，也便把它们忘了。

邻住者的二妹，这几天来，当她早晨出去上工的时候，我总在那里酣睡，只有午后下工回来的时候，有几次有见面的机会。但是不晓是什么原因，我觉得她对我的态度，又回到从前初见面的时候的疑惧状态去了。有时候她深深地看我一眼，她的黑晶晶、水汪汪的眼睛里，似乎是满含着责备我规劝我的意思。

我搬到这贫民窟里住后，约摸已经有二十多天的样子。一天午后我正点上蜡烛，在那里看一本从旧书铺里买来的小说的时候，二妹却急急忙忙地走上楼来对我说：

"楼下有一个送信的在那里，要你拿了印子去拿信。"

她对我讲这话的时候，她的疑惧我的态度更表示得明显，她好像在那里说："呵呵，你的事件是发觉了啊！"我对她这种态度，心里非常痛恨，所以就气急了一点，回答她说：

"我有什么信？不是我的！"

她听了我这气愤愤的回答，更好像是得了胜利似的，脸上忽涌出了一种冷笑说：

"你自家去看吧！你的事情，只有你自家知道的！"

同时我听见楼底下门口果真有一个邮差似的人在催着说：

"挂号信！"

我把信取来一看，心里就突突地跳了几跳，原来我前回寄去的一篇德文短篇的译稿，已经在某杂志上发表了，信中寄来的是五元钱的一张汇票。我囊里正是将空的时候，有了这五元钱，非但月底要预付的来月的房金可以无忧，并且付过房金以后，还可以维持几天食料。当时这五元钱对我的效用的广大，是谁也不能推想得出来的。

第二天午后，我上邮局去取了钱，在太阳晒着的大街上走了一会，忽而觉得身上就淋出了许多汗来。我向我前后左右的行人一看，复向我自家的身上一看，就不知不觉地把头低俯了下去。我颈上头上的汗珠，更同盛雨似的，一颗一颗地钻出来了。因为当我在深夜游行的时候，天上并没有太阳，并且料峭的春寒，于东方微白的残夜，老在静寂的街巷中留着，所以我穿的那件破棉袍子，还觉得不十分与节季违异。如今到了阳和的春日晒着的这日中，我还不能自觉，依旧穿了这件夜游的敝袍，在大街上阔步，与前后左右的和节季同时进行的我的同类一比，我哪得不自惭形秽呢？我一时竟忘了几日后不得不付的房金，忘了囊中本来将尽的些微的积聚，便慢慢地走上了闸路的估衣铺去。好久不在天日之下行走的我，看看街上来往的汽车人力车，车中坐着的华美的少年男女，和马路两边的绸缎铺金银铺窗里的丰丽的陈设，听听四面的同蜂衙④似的嘈杂的人声，脚步声，车铃声，一时倒也觉得是身到了大罗天⑤上的样子。我忘记了我自家的存在，也想和我的同胞一样地欢歌欣舞起来，我的嘴里便不知不觉地唱起几句久忘了的京调来了。这一时的涅槃幻境，当我想横越过马路，转入闸路去的时候，忽而被一阵铃声惊破了。我抬起头来一看，我的面前正冲来了一乘无轨电车，车头上站着的那肥胖的机器手，伏出了半身，怒目地大声骂我说：

"猪头三！侬（你）艾（眼）睛勿散（生）咯！跌杀时，叫旺（黄）够（狗）来抵侬（你）命嗷！"

我呆呆地站住了脚，目送那无轨电车尾后卷起了一道灰尘，向北过去之后，不知是从何处发出来的感情，忽而竟禁不住哈哈哈哈地笑了几声。等得四面的人注视我的时候，我才红了脸慢慢地走向了闸路里去。

我在几家估衣铺里，问了些夹衫的价钱，还了他们一个我所能出的数目。几个估衣铺的店员，好像是一个师父教出的样子，都摆下了脸面，嘲弄着说：

"侬（你）寻萨咯（什么）凯（开）心！马（买）勿起好勿要马（买）咯！"

一直问到五马路边上的一家小铺子里，我看看夹衫是怎么也买不成了，才买定了一件竹布单衫，马上就把它换上。手里拿了一包换下的棉袍子，默默地走回家来。一边我心里却在打算：

"横竖是不够用了，我索性来痛快地用它一下吧。"同时我又想起了那天二妹送我的面包香蕉等物。不等第二次的回想，我就寻着了一家卖糖食的店，进去买了一块钱巧格力⑥，香蕉糖，鸡蛋糕等杂食。站在那店里，等店员在那里替我包好来的时候，我忽而想起我有一月多不洗澡了，今天不如顺便也去洗一个澡吧。

洗好了澡，拿了一包棉袍子和一包糖食，回到邓脱路的时候，马路两旁的店家，已经上电灯了。街上来往的行人也很稀少，一阵从黄浦江上吹来的日暮的凉风，吹得我打了几个冷痉⑦。我回到了我的房里，把蜡烛点上，向二妹的房门一照，知道她还没有回来。那时候我腹中虽则饥饿得很，但我刚买来的那包糖食怎么也不愿意打开来，因为我想等二妹回来同她一道吃。我一边拿出书来看，一边口里尽在咽唾液下去。等了许多时候，二妹终不回来，我的疲倦不知什么时候出来战胜了我，就靠在书堆上睡着了。

四

二妹回来的响动把我惊醒的时候，我见我面前的一支十二盎司一包的洋蜡烛已经点去了二寸的样子，我问她是什么时候了？她说：

"十点的汽管刚刚放过。"

"你何以今天回来得这样迟？"

"厂里因为销路大了，要我们做夜工。工钱是增加的，不过人太累了。"

"那你可以不去做的。"

"但是工人不够，不做是不行的。"

她讲到这里，忽而滚了两粒眼泪出来，我以为她是做工做得倦了，故而动了伤感，一边心里虽在可怜她，但一边看了她这同小孩似的脾气，却也感着了些儿快乐。把糖食包打开，请她吃了几颗之后，我就劝她说：

"初做夜工的时候不惯，所以觉得困倦，做惯了以后，也没有什么的。"

她默默地坐在我的半高的由书叠成的桌上，吃了几颗巧格力，对我看了几眼，好像是有话说不出来的样子。我就催她说：

"你有什么话说？"

她又沉默了一会儿，便断断续续地问我说：

"我……我……早想问你了，这几天晚上，你每晚在外边，可在与坏人作伙友么？"

我听了她这话，倒吃了一惊，她好像在疑我天天晚上在外面与小窃恶棍混在一块。她看我呆了不答，便以为我的行为真的被她看破了，所以就柔柔和和地连续着说：

"你何苦要吃这样好的东西，要穿这样好的衣服？你可知道这事情是靠不住的。万一被人家捉了去，你还有什么面目做人。过去的事情不必去说它，以后我请你改过了吧。……"

我尽是张大了眼睛，张大了嘴，呆呆地在看她，因为她的思想太奇突了，使我无从辩解起。她沉默了数秒钟，又接着说：

"就以你吸的烟而论，每天若戒绝了不吸，岂不可省几个铜子。我早就劝你不要吸烟，尤其是不要吸那我所痛恨的N工厂的烟，你总是不听。"

　　她讲到了这里，又忽而落了几滴眼泪。我知道这是她为怨恨N工厂而滴的眼泪，但我的心里，怎么也不许我这样地想，我总要把它们当作因规劝我而洒的。我静静地想了一回，等她的神经镇静下去之后，就把昨天的那封挂号信的来由说给她听，又把今天的取钱买物的事情说了一遍，最后更将我的神经衰弱症和每晚何以必要出去散步的原因说了。她听了我这一番辩解，就信用了我，等我说完之后，她颊上忽而起了两点红晕，把眼睛低下去看着桌上，好像是怕羞似的说：

　　"噢，我错怪你了，我错怪你了。请你不要多心，我本来是没有歹意的。因为你的行为太奇怪了，所以我想到了邪路里去。你若能好好儿地用功，岂不是很好么？你刚才说的那——叫什么的——东西，能够卖五块钱，要是每天能做一个，多么好呢？"我看了她这种单纯的态度，心里忽而起了一种不可思议的感情，我想把两只手伸出去拥抱她一回，但是我的理性却命令我说：

"你莫再作孽了！你可知道你现在处的是什么境遇！你想把这纯洁的处女毒杀了么？恶魔，恶魔，你现在是没有爱人的资格的呀！"

我当那种感情起来的时候，曾把眼睛闭上了几秒钟，等听了理性的命令以后，我的眼睛又开了开来，我觉得我的周围，忽而比前几秒钟更光明了。对她微微地笑了一笑，我就催她说：

"夜也深了，你该去睡了吧！明天你还要上工去的呢！我从今天起，就答应你把纸烟戒下来吧！"

她听了我这话，就站了起来，很喜欢地回到她的房里去睡了。

她去之后，我又换上一支洋蜡烛，静静地想了许多事情：

"我的劳动的结果，第一次得来的这五块钱已经用去了三块了。连我原有的一块多钱合起来，付房钱之后，只能省下二三角小洋来，如何是好呢！

"就把这破棉袍子去当吧！但是当铺里恐怕不要。

"这女孩子真是可怜，但我现在的境遇，可是还赶她不上，她是不想做工而工作要强迫她做，我是想找一点工作，终于找不到。

"就去做筋肉的劳动吧！啊啊，但是我这一双弱腕，怕吃不下一部黄包车的重力。

"自杀！我有勇气，早就干了。现在还能想到这两个字，足证我的志气还没有完全消磨尽哩！

"哈哈哈哈！今天的那无轨电车的机器手！他骂我什么来？

"黄狗，黄狗倒是一个好名词。

"……"

我想了许多零乱断续的思想，终究没有一个好法子，可以救我出目下的穷状来。听见工厂的汽笛，好像在报十二点钟了，我就站了起来，换上了白天脱下的那件破棉袍子，仍复吹熄了蜡烛，走出外面去散步。

贫民窟里的人已经睡眠静了。对面日新里的一排临邓脱路的洋楼里，还有几家点着了红绿的电灯，在那里弹罢拉拉衣加®。一声二声清脆的歌音，带着哀调，从静寂的深夜的冷空气里传到我的耳膜上来，这大约是俄国的漂泊的少女，在那里卖钱地歌唱。天上罩满了灰白的薄云，同腐烂的尸体似的沉沉地盖在那里。云层破处也能看得出一点两点星来，但星的近处，黝黝看得出来的天色，好像有无限的哀愁蕴藏着的样子。

注释:

① 黄种人的寒士街，寒士街是伦敦过去的一条街名。

② 方言，意为自己。

③ 埃德加·爱伦·坡（1809—1849），美国作家、诗人、编辑与文学评论家，以悬疑及惊悚小说负盛名。

④ 指飞绕的蜂群。

⑤ 道教所称三十六天中最高一重天。

⑥ 即巧克力。

⑦ 指冷得发颤。

⑧ 俄语 Балалайка 的音译，俄罗斯民间的一种三弦的三角琴。

地球旅馆

宏景 ｜ 联合出品

捧读文化
触及身心的阅读

全国总经销

出 品 人 张进步 孙至付

策划监制 程 碧

装帧设计 仙境设计

新 浪 微 博

微信公众号

出版投稿、合作交流，请发邮件至：innearth@foxmail.com

了解新书，图书邮购、团购、采购等，请联系发行电话：010-85805570